Artur Becker

Sieben Tage mit Lidia

Novelle

weissbooks.w

Sieben Tage mit Lidia

Für Magdalena

»Wenn man Venedig liebte,
war es ein ausgezeichnetes Spiel.«
Über den Fluss und in die Wälder
Ernest Hemingway

»Eine Stadt, die stirbt, Venedig.«
Tagebuch bei Nacht geschrieben
Gustaw Herling-Grudziński

Erstes Kapitel

1

Das Flutwasser war endlich zurückgegangen – auch in Andrzej Olsztyńskis Träumen, in denen er sogar einmal Lidia begegnet war, jedoch nicht hier in Venedig, sondern an einem ihm unbekannten Ort. Im Treppenhaus des vierstöckigen Palazzos, in dem Lidias Vater Jacek Maj – immerhin sein bester Freund – und Stiefmutter Elsa Masseida-Ossowiecki die zweite Etage bewohnten, hatte das Wasser zwei Tage lang fußknöchelhoch gestanden: Der süßlich-modrige Geruch war unerträglich gewesen, genauso wie der Anblick einer toten Ratte, die bereits am ersten Tag der winterlichen Flut vor den Eingang der *Chiesa Santa Maria Mater Domini* gespült worden war. Die für hiesige Verhältnisse zwergenhafte Kirche, ein direkter Nachbar, war für die Zeit der Flut geschlossen worden. Sie stand gleich gegenüber dem Palazzo, und man betrat sie über den breiten Fußweg und nach wenigen Schritten wie ein zweites Wohnzimmer.

Der *Campo Santa Maria Mater Domini*, auf dem seine beiden Gastgeber zu Hause waren, sah an diesem frühen Dezembermorgen, einem kaltfeuchten und vernebelten Sonntag, spiegelglatt und wie reingewaschen aus: Andrzej hatte den Eindruck, als hätte sich Venedig für die Ankunft von Lidia einer gründlichen Reinigung unterzogen.

Er war in dieser Stadt noch kein einziges Mal alleine unterwegs gewesen, obwohl er schon seit einer Woche bei seinem Freund weilte. Und überhaupt: Er war schon sechsunddreißig, hatte aber Italien noch nie bereist. Er war zwar mehrmals nach Venedig eingeladen worden, um dort seine Gedichte zu lesen, doch die Regierung der Volksrepublik Polen hatte ihm bis jetzt – wohl aus Angst, dass er bei seinem Freund bleiben oder sich in einem Interview verplappern könnte – den Reisepass für einen Besuch in Italien immer verweigert. Seine Regierung hatte viele Dinge zu verbergen. Er kannte Westeuropa nicht allzu gut, er war ein Mal in Paris gewesen, und ein anderes Mal in Westberlin, und obendrein geschäftlich sozusagen. In Paris hatte er nämlich seinen Verleger Jerzy Giedroyc getroffen, der dort neben Gedichten und Romanen vor allem politische Schriften publizierte, allerdings alles auf Polnisch, und alles war verboten, verfemt und unerwünscht, zumindest an der kommunistischen Weichsel: Es glich überhaupt einem Wunder, dass Giedroyc, dieser alte unverwüstliche Mann, noch nicht einem Attentat zum Opfer gefallen war ...

Andrzejs Freude kannte keine Grenzen, als er im Sommer vom Passamt die gute Nachricht bekommen hatte, er dürfe verreisen und das italienische Visum beantragen. Er wollte seinen Freund wiedersehen, seit ihrer Trennung waren zehn Jahre vergangen, und vor der Abreise hatte er gehofft, Giedroyc oder jemand anders aus den Kreisen der polnischen

Emigration in Frankreich oder Italien würde ihm in Venedig einen kurzen Besuch abstatten, doch die alten Herren waren reisefaul und mit ihren Schreibtischen wie verschweißt. Ihre Produktivität und scheinbar stählerne Gesundheit beeindruckten Andrzej sehr, denn sie tranken ab und zu immer noch gerne einen Whiskey und rauchten Zigaretten.

»Du kannst dich in Venedig nicht verlaufen!«, hatte ihm Jacek am Abend erklärt. »Unsere *Vaporetto*-Haltestelle ist gleich um die Ecke, in zehn Minuten bist du da! Dann nimmst du die 2 oder die 1 – beide fahren zur *Santa Lucia*, da ist der Bahnhof!«

In zehn Minuten bist du da!, wunderte er sich jetzt, ich bin doch schon fast am Fischmarkt angekommen … Wahrscheinlich laufe ich in die falsche Richtung …

Den Fischmarkt hatte er gleich am ersten Tag in Venedig in sein Herz geschlossen, es war für ihn der lebendigste Platz in der Lagunenstadt, aber auch ein Ort, an dem die Zeit keine Macht über den Menschen hatte – hier waren Zeitreisende aus jeder Geschichtsepoche willkommen, seit Jahrhunderten schon, während derer sich das Angebot auf den Tischen der Händler kaum geändert hatte.

Er durfte sich nicht verspäten, Lidia wusste nicht, dass er sie vom Bahnhof abholen würde. Es sollte eine schöne Überraschung werden, die sich ihr Vater am gestrigen Abend nach zwei Flaschen *Montepulciano d'Abruzzo* ausgedacht hatte: »Du holst mein Mädchen ab! Die Kleine wird sich freuen, dich wiederzusehen – sie hat oft nach dir gefragt, wie es dir geht und wann du endlich zu Besuch kommst!«

Der überdachte Fischmarkt war menschenleer, jetzt sah er wie ein Tempel aus, den Diebe ausgeraubt hatten, und die Säulen und Bögen der Markthalle schienen den Himmel zu tragen, der tief und grau über der Stadt lag und kein gutes Wetter für einen Spaziergang am Nachmittag verhieß.

Wann habe ich die Tochter meines Freundes das letzte Mal gesehen?, fragte sich Andrzej. Vor zehn Jahren? In Warschau? Sie muss damals dreizehn gewesen sein, als ihr Vater sie auf die Flucht in den Westen mitgenommen hat, nach Frankfurt am Main ... Auf die Flucht vor seiner Vergangenheit und ihren Schatten ... Die Kommunisten sind ihm doch in den Arsch gekrochen ... Ihm fehlte es an nichts ... Er durfte reisen, besaß Devisen ... Andrzej konnte kaum glauben, dass Lidia inzwischen dreiundzwanzig geworden war, eine Frau, die mit dem kleinen Mädchen aus Warschau nichts mehr zu tun hatte, gar nichts ... Auf einem aktuellen Foto hätte er nämlich nur ihre Augen erkannt – die dunkelgrünen Augen.

Die verfluchte 13!, dachte er noch, die Zahl verfolgt mich mein ganzes Leben schon, selbst in Venedig! Heute ist Sonntag, der 13. Dezember 1981, und ich werde gleich ein dreizehnjähriges Mädchen, das eine junge Frau geworden ist und in London lebt und mehrere Sprachen beherrscht, in meine Arme schließen und ihr erklären müssen, was ich hier tue!

An der *Vaporetto*-Haltestelle angekommen, stellte er etwas beunruhigt fest, dass die Kirchenglocken immer noch schwiegen und dass ein paar betrunkene Passanten nach Hause gingen und in den dunklen Gassen eilig verschwanden, schreiend und kichernd, weil sie nach wie vor durstig und unternehmungslustig waren. Diese Stadt war ein Bordell und eine riesige Kirche zugleich, ein Steinbecken voller Weihwasser und Wein, voller Unrat und Lagunensalz. Und überall schliefen die Menschen wie auf Wasserbetten und träumten von unbekannten Orten und selten von ihrem Venedig. Wünschelrutengänger müssen in Venedig schlechte Karten haben, dachte Andrzej.

Wo war aber heute die Sonne? Warum zeigte sie sich nicht? Der *Canal Grande* schlief noch im milchigen Dunst der Morgendämmerung und gab kein Lebenszeichen von sich. Wo waren die Motorboote? Und die *Vaporetti*? Endlich hörte Andrzej in der Ferne das Geräusch ihrer Dieselmotoren, das ihn beruhigte. Er würde seinen Gast, den er abholen sollte, nicht verpassen.

In diesem Moment musste er wieder an seinen Traum von der Begegnung mit Lidia denken. Er hatte zwei Nächte hintereinander von einer verfallenen und überschwemmten Fabrik geträumt, aber erst in der dritten Nacht war Lidia zu ihm gekommen, und das war gestern gewesen. Auf morschen Bretterstegen, die riesige leergeräumte Produktionshallen miteinander verbanden, war er stundenlang herumgeirrt: auf der Suche nach ihr. Er entdeckte schließlich einen Ausgang und erblickte in der Ferne grüne Hügel, die sommerlich leuchteten. Auf einem der Hügel wartete Lidia auf ihn. Sie winkte ihm zu, doch als er den grünen Teppich betrat, verschwand sie sofort aus seinem Blick. Und er fand sich wieder in der überfluteten Fabrik, in der Hunderte von Wasserhähnen tropften. Das grausige Tropfen hatte ihn wieder wachgemacht. Es handelte sich um eine postapokalyptische Welt, die er im Schlaf besucht hatte und die er schon aus Andrei Tarkowskis Film *Stalker* kannte. Spiegelte der Albtraum etwa seine Angst vor einem Atomkrieg wider? Oder eher vor der Begegnung mit Lidia?

2

Die Fahrkarte besorgte er sich direkt auf dem *Vaporetto.* Er musste beim Geldzählen aufpassen, zehntausend Lire sagten ihm wenig – er durfte das Geld nicht mit seinen polnischen *Złoty* verwechseln, die nichts wert waren, zumindest hier in Italien. Jacek, der ein erfolgreicher Komponist war, hatte ihm gleich am Tag seiner Ankunft in Venedig einen prall gefüllten Umschlag in die Hand gedrückt: »Kauf was Schönes für deine Frau und deinen Sohn!«, hatte er gesagt. Andrzej wollte das Geld nicht annehmen. Und hatte immer noch nichts ausgegeben. Er warf einen Blick auf seine Armbanduhr, ein sowjetisches Meisterstück. Kurz nach Sieben … Aber er konnte den Wasserbus nicht beschleunigen. Die Haltestationen wollten nicht enden, und der *Canal Grande* ähnelte zu dieser frühen Stunde einem dunklen Tunnel, der unendlich zu sein schien. Andrzej wusste, dass er sich verspäten würde. Und hoffentlich würde Lidia warten. Sie kannte den Weg zu ihren Eltern, sie kannte diese Stadt, kannte den Strand vom *Lido,* wo sie als Teenager Jahr für

Jahr ihre Sommerferien verbracht hatte, und die Inseln *Giudecca* und *Murano* und selbst den Friedhof *San Michele*. Er hatte nämlich bei Jacek Fotos von Lidia gesehen, die von ihren Sommerferien in Venedig erzählten. Und nun lebte Lidia seit fünf Jahren in London. Wie mochte es ihr dort ergehen? Ihre Stiefmutter meinte, dass London die beste Lebensschule für eine junge Frau sei … und auf keinen Fall Berlin. Ihre Stiefmutter war eine erfolgreiche Fotografin und deutsche Jüdin, sie musste wissen, wovon sie sprach. Ihre Tanten waren im Dritten Reich geköpft, wertvolle Bilder aus der Sammlung ihrer Familie entwendet, das ganze Vermögen aufgelöst und konfisziert worden.

Auf dem Bahnsteig, auf dem der Nachtzug aus Paris ankommen sollte, warteten Italiener auf ihre Gäste, sie sahen zumindest wie Einheimische aus, er war wohl der einzige Ausländer. Die Anzeigetafel zeigte Verspätung für den Nachtzug an. Also hatte er nichts falsch gemacht: Er war nicht zu spät aufgestanden, hatte sich nicht verlaufen und den falschen Weg gewählt. Er hätte auch zu Fuß zum Bahnhof gehen können und auch zur *Piazzale Roma*, wo die Fernbusse in Richtung Festland abfuhren. Andrzej liebte die zahlreichen Brücken, und je kleiner sie waren, desto geheimnisvoller erschienen sie ihm, vor allem nachts, wenn sie nicht von Touristen belagert und fotografiert wurden. In Venedig konnte man alles zu Fuß erledigen, und er hatte das Gefühl, dass die Venezianer das Wasser gar nicht mehr bemerkten und es auch nicht mehr als gefährlich ansahen, wie Andrzejs Landsleute in seiner masurischen Heimat.

Er rauchte eine Zigarette, trippelte hin und her und ließ sich auf einer Bank nieder, wo ihn der Schlaf kurz übermannte. Dann aber kam endlich der Nachtzug. Lidia flog angeblich nicht gerne, was ihn wunderte, arbeitete sie doch als TV-Moderatorin, Journalistin und Dokumentarfilmerin – sie musste jedenfalls oft unterwegs sein. Aber wo war sie? Hatte Lidia vielleicht gar nicht diesen Zug genommen, sondern einen anderen? Sie hatte doch vorgestern mit ihren Eltern telefoniert und sich mit ihnen auf dem Bahnsteig verabredet. Eine Mordsstrecke musste sie zurückgelegt haben: von England mit der Fähre nach Frankreich und dann mit der Bahn weiter.

Sie stieg als Letzte aus. Und er erkannte sie wieder. Sie war eine junge fremde und hübsche Frau aus der großen weiten Welt geworden.

Er ging auf Lidia zu, die ein wenig verunsichert auf dem Bahnsteig stand und ihre schwere Reisetasche nicht anzupacken wusste. Sie musste müde sein, und sie schaute sich nach ihren Eltern um.

Andrzej lächelte sie von Weitem an, aber Lidia realisierte erst, als er direkt vor ihr stand, dass ein Fremder sie abholte, und nicht ihre Eltern. Sie fragte auf Englisch, ob er von ihrem Vater Jacek Maj geschickt worden sei, und Andrzej antwortete auf Polnisch: »Liebe Lidia! Erkennst du mich nicht?«

Sie trat einen Schritt zurück. Sie war etwa eins fünfundsechzig groß, schlank und hatte dünne Arme und Finger. Ihr Hals war zart geformt, und die honigfarbenen Haare trug sie schulterkurz geschnitten. Lidia hatte einen schwarzen Wintermantel an und darunter einen Pullover und einen knielangen warmen, rot karierten Rock. Sie hatte bloß die falschen Schuhe für diese Jahreszeit der Fluten in Venedig gewählt: Sommerpumps.

»Andrzej? Bist du es?«, fragte sie auf Polnisch.

3

Er nahm Lidia in seine Arme und küsste sie drei Mal auf ihre Wangen.

»Lidia!«, sagte er. »Willkommen in Venedig!«

»Was tust du hier?«, fragte sie. »O mein Gott! Was für ein Glück, dass ich dich hier treffe!«

»Komm, wir fahren jetzt zu deinen Eltern, und du wirst mir unterwegs erzählen, wie es dir geht und was du so in London treibst!«

Er griff nach ihrer schweren Reisetasche, aber Lidia wollte nicht losgehen. Sie stand immer noch völlig regungslos auf dem Bahnsteig, und ihre Augen füllten sich mit Tränen.

Sie sagte: »Wie bist du überhaupt nach Venedig gekommen? In Polen ist doch der Krieg ausgebrochen!«

Er schaute sie intensiv an: »Wovon zum Teufel sprichst du da? Was für ein Krieg?«

»Ja! Ein Reisender aus Deutschland hat es mir heute Morgen erzählt – er hat in seinem Taschenradio Nachrichten gehört …«

»Lidia, das kann nicht sein – ich hätte es wohl als Erster erfahren … Meine Frau hätte versucht, mich in Venedig anzurufen … Sie hätte uns längst geweckt und den Teufel getan, um mir diese Nachricht irgendwie zu übermitteln!«

»Nein, nein«, wehrte sich Lidia. »Sie haben über das ganze Land das Kriegsrecht verhängt … Glaub's mir!«

In ihren Augen zeigten sich wieder Tränen.

»Weine nicht, Lidia, bitte, hör auf zu weinen!«, sagte er. »Ich bin schon seit einer Woche in Venedig. Aber die Überraschung ist uns, mir und deinen Eltern, perfekt gelungen: Mich hast du wohl heute Morgen hier am Bahnhof nicht erwartet – so wie ich die bösen Neuigkeiten aus unserer kranken Heimat nicht erwartet habe …«

Endlich gingen sie los, und Andrzej schaute beim nächsten Kiosk nach Zeitungen, aber sie waren alle nicht auf dem neuesten Stand, wie denn auch, *Il Gazzettino* hatte er schon gestern flüchtig überflogen, außerdem konnte er kein Italienisch.

»Über die Straßen rollen in diesem Moment Panzer«, sagte Lidia, »und keiner weiß, was demnächst passieren wird … Wo ist deine Familie?«

»Zu Hause – in Kętrzyn …«

»Nicht in Warschau?«

»Nein, ich wurde doch mehr oder weniger in meine alte Heimat verbannt …«

»Nach Masuren?«, staunte Lidia. »Mein Vater hat mir das gar nicht erzählt!«

»Ich bin Leiter eines kleinstädtischen Kulturhauses geworden – als Dichter wirst du nicht reich. Außerdem gefallen der Regierung meine Gedichte nicht. Deshalb kann ich nirgendwo einen Job finden. Ein Jurist darf nicht auf die Partei spucken, er muss linientreu sein, wenn er in unserer Volksrepublik Karriere machen will.«

Sie fuhren mit dem Wasserbus bis zur Haltestation *San Tomà*, nahe des Palazzos *Barbarigo della Terrazza*, der sich der größten Terrasse Venedigs rühmte und vielleicht sogar Europas – sicher zählte sie auch zu den Lieblingsmotiven auf den von Touristen geschossenen Fotos. Gegen Abend tänzelten nämlich in dieser Gegend die Blitzlichter der Fotoapparate wie Leuchtkäfer, und die Terrasse lud die fremden Besucher in den vorbeifahrenden Wasserbussen und Gondeln zum Fotografieren ein.

Sie hätten schon bei der *Ponte di Rialto* aussteigen können, aber sie waren in ihr Gespräch so vertieft, dass sie weder die ehrwürdige steinerne Brücke noch andere Stationen beachteten. Die Erinnerungen und die Sorge um ihr Land ließen sie alles vergessen, und sie hätten wahrscheinlich den ganzen Tag in diesem Wasserbus verbringen können, sie besaßen ausreichend Gesprächsstoff.

Nach dem Anlegen begaben sich die wenigen Passagiere zum Ausgang, er blieb aber sitzen und schaute aus dem Fenster. Für einige Sekunden fand er sich wieder an dem unbekannten Ort, von dem er geträumt hatte.

Plötzlich tauchten aus dem *Canal Grande* Andrzejs Freunde auf, fliegende Gestalten wie aus einem Bruegel-Gemälde, er sah ihre Köpfe und Gesichter über dem Kanal schweben, riesige aufgeblasene Köpfe, als wären sie Luftballons, und sie flehten um Hilfe: »Andrzej, komm zurück! Sie haben uns abgeholt und in ein Gefängnis gebracht! Hörst du? Aber wir leben noch!« Er sah deutlich ihre Gesichter, die von Paweł und Adam, die von Stefan und Roman. Und dann hörte er nichts mehr, gar nichts, nicht einmal den Lärm der Dieselmotoren in den Wasserbussen.

»Andrzej, wir müssen aussteigen! Andrzej, was ist mit dir?«, fragte ihn Lidia und weckte ihn aus seinem schmerzlichen Traum im erwachenden Tageslicht.

»Ich musste gerade an meine Freunde denken, und ich bin wohl kurz eingenickt – entschuldige bitte! Aber der Schock über das Kriegsrecht sitzt tiefer, als ich mir es vorgestellt habe.«

Der *Vaporetto*-Schaffner, ein junger Mann, konnte seinen Ärger nicht verbergen, er drängte das Paar lautstark zur Eile, als transportierte er Zuchttiere auf seinem Schiff. Andrzej spürte die gestrige, lang geratene Nacht in den Knochen, er hatte auch zu viel Rotwein getrunken. Lidia musste ihn regelrecht antreiben, er möge sich beeilen.

Es war immer noch still in Venedig, die grauen Wolken aber begannen sich langsam zu verziehen, sie wollten der Sonne Platz machen, doch nirgendwo traf man einen Polen, den man hätte befragen können, um ein paar Neuigkeiten zu ergattern, oder wenigstens einen kleinen Jungen mit einem Stapel *Il Gazzettino*, der in die Menge *»La guerra in Polonia!«* schreien würde. Venedig war still, und wie immer schien diese Stadt in ihrem Drang nach Freiheit und Unabhängigkeit unbesiegbar zu sein, während auf dem Festland neue Kriege tobten.

4

Von der Haltestelle *San Tomà* gingen sie dann zu Fuß weiter, vor ihnen lag ein gehöriges Wegstück, sie brauchten bestimmt zwanzig Minuten, wenn nicht länger. Er schleppte Lidias Reisetasche auf dem Rücken, und sie nahm ihn an die Hand, lächelte ihn an und bat ihn, ihr zu folgen und zu vertrauen.

»Lass mich deine Touristenführerin sein, deine Managerin und Agentin!«, sagte sie schließlich und zeigte mit der rechten Hand auf bekannte öffentliche Gebäude, ihre Hand sagte: Schau, da ist die Stadtbibliothek und hier eine schöne Boutique für Herrenhemden und dort drüben die *Casa* des Komödiendichters Carlo Goldoni. Und tatsächlich: Für einen Augenblick verschwanden die Sorgen aus ihren Gedanken und Gesichtern, die Sorgen um ihr Land und ihre Landsleute, und Andrzej staunte darüber, dass Lidias Gegenwart so heilsam und beruhigend auf ihn wirkte, ihre Sprache und ihr Atem, ihr Anblick und ihre Hände. Er hatte natürlich Zweifel und sagte sich, pass auf, Junge, du bist nicht mehr zwanzig, und du verliebst dich nicht mehr. Und außerdem hatte Andrzej eine Frau, die er liebte. Er hatte ein Land, das er liebte. Und die Zeit mit Lidia in Venedig würde genauso schnell vergehen wie seine erste Liebe. Aber liebte er seine Frau wirklich noch? Er staunte über seine eigenen Zweifel.

»Warum bist du nach Venedig gekommen?«, fragten sie beide in derselben Sekunde.

Lidia lachte los und sagte: »Du fängst an! Ich bin gespannt!«

Er musste sie anlügen, er konnte ihr doch nicht erklären, dass er und ihr Vater sich endlich versöhnen wollten. Lidia kannte diese alte Geschichte bestimmt nicht. Während Andrzejs Studienzeit in Warschau hatte sich Jacek in Monika, seine Frau, verliebt und wollte mit ihr zusammenleben. Monika aber hatte Jaceks Liebe nicht erwidert, und der damals fast dreißigjährige und bereits international bekannte Komponist von Streichquartetten, Filmmusik und Jazzstücken hatte die Freundschaft abgebrochen und antwortete nicht auf Andrzejs Anrufe und Briefe. Dabei hätte Andrzej eigentlich eifersüchtig und verärgert sein müssen. Und er durfte Lidia jetzt auch nicht erzählen, dass Jacek ihre Mutter nie geliebt hatte und dass er mit ihr unglücklich gewesen war. Das hätte sie nicht verkraftet, sie glaubte an die große Liebesgeschichte ihrer Eltern und versuchte Jahr für Jahr, den Todestag ihrer Mutter gemeinsam mit dem Vater in Venedig zu verbringen.

Andrzej sagte: »Es war all die Jahre schwierig, den Pass und das Visum zu bekommen, und nun hat es geklappt. Dein Vater und ich haben ein gemeinsames Projekt. Er schreibt zur Zeit neue Lieder, und er will meine Gedichte vertonen. Beziehungsweise: Ich muss ihm ein paar Texte von mir zur Verfügung stellen – eher schon gestern als heute. Ich habe nämlich das erste Mal in meinem Leben einen Vorschuss erhalten. Und stell dir vor: Die Uraufführung der Lieder findet im *Teatro La Fenice* statt!«

»Das ist ja großartig!«

»Und was willst du in Venedig machen? Ein spontaner Besuch?«

»Nein, ich drehe einen Kurzfilm über meinen Vater und seine Musik, und nun muss ich mit ihm einiges besprechen … Aber nicht nur das: Ich habe mir auch ein paar Tage Urlaub genommen und möchte außerdem die Weihnachtstage bei ihm und Elsa verbringen.«

Sie kamen zum *Campo San Polo*, auf dem, wie Jacek seinem Freund erklärt hatte, im Sommer Kinofilme gezeigt werden. Lidias Vater mochte diesen *Campo*, weil er von den Touristen etwas stiefmütterlich behandelt und viel zu wenig beachtet wurde. Eigentlich, so Jacek, hätte er einen würdigeren Namen verdient: Es handelte sich schließlich um eine *Piazza*, die extra für einen einsamen Trinkbrunnen in der Nähe der dem Apostel Paulus geweihten Kirche angelegt worden war.

»Und wovon werden deine Gedichte erzählen? Hast du schon ein Thema?«

»Ja, ich werde über eine gewisse Lidia Maj schreiben!«

»Du spinnst …«, sagte sie, aber er merkte schnell, dass ihr dieses scheinbar witzige Geständnis gefiel.

5

Trotz der frühen Sonntagstunde hatten einige Cafébesitzer schon geöffnet, und Lidia und Andrzej brauchten schnell einen Wachmacher. In Jaceks Stammcafé auf seinem *Campo* tranken sie zwei Espressi und aßen ein süßes Croissant, das so gar nicht dazu passte, was Lidia im Nachtzug an Neuigkeiten erfahren hatte und was sie jetzt diskutierten, während Vittorio, ein alter Narr, ein achtzigjähriger Venezianer, der hier zu Hause war und jeden Tag Mussolini und seine Epoche der faschistischen Gerechtigkeit in den Himmel lobte, Lidia überschwänglich begrüßte und ihr – soweit Andrzej es einschätzen und für sich übersetzen konnte – Komplimente über ihr Alter und ihre Schönheit machte. Jeder *Campo* besaß seinen Buckligen oder seinen Verrückten, und nicht selten blieb Vittorio mitten auf dem Weg zum Fischmarkt zum Beispiel plötzlich stehen und redete mit sich selbst, obwohl er in Wahrheit mit seinen Kameraden und Mussolini redete. Andrzej fühlte sich hier fast wie zu Hause in Kętrzyn. Und er bewunderte den alten Mann, obwohl er seine erdabgewandten Ansichten nicht teilte. Vittorio war jedoch harmlos, er lebte in einer Zeitkapsel und weigerte sich, in der Gegenwart zu existieren. Er musste jedenfalls glücklich sein. Andrzej bewunderte auch seinen besten Freund, der den Mut fand, ihn einzuladen, und er lachte über ihn: Obwohl Jacek schon seit drei Jahren in Venedig lebte, sprach er mit seinem liebsten Cafébesitzer immer noch nur auf Englisch und Deutsch, in einem speziellen Mix: »Marcello, wie geht's? *I take an Americano!*« Italienisch zu lernen, lag Andrzejs Freund fern, er sagte zur Erklärung und nicht ohne Ironie, er wohne und arbeite doch in einem internationalen Zirkus, in dem sich Künstler und Musiker aus aller Herren Länder wohl fühlen würden, weil keiner hier in der ehemaligen Dogenrepublik als Emigrant auffalle und von den Einheimischen, wenn schon nicht akzeptiert, so wenigstens ignoriert werde, sodass man sich auf seine Arbeit konzentrieren könne. Venedig sei eine ausgezeichnete Zufluchtsstätte, eine Art Nachtasyl wie aus dem gleichnamigen Film von Kurosawa, auch für die zahlreichen *Personae non gratae* Europas, und er nannte als Beispiel seinen *amico* Gaston Salvatore, den Schriftsteller und Neffen von Salvador Allende, der aus der Bundesrepublik mehr oder weniger habe türmen müssen.

Die kleine Erfrischung diente Lidia und Andrzej auch als Überbrückung der Zeit, es war immer noch sehr früh: Lidias Eltern lagen bestimmt noch in ihrem Bett, sie sollten ausschlafen und die Strapazen der Nacht auskurieren.

»Was wirst du nun tun? Um Asyl bitten und in Venedig bleiben?«, fragte Lidia ihn im Café.

»Ich weiß es nicht«, sagte er gereizt. »Nein, ich muss nach Hause zurück. Am 21. Dezember endet mein Visum – spätestens dann werde ich im Flieger nach Warschau sitzen ...«

»Wie kann ich dir helfen?«

»Du kannst mir nicht helfen – aber ich danke dir! Du musst dich nicht um mich sorgen ...«

»Sag bitte nicht so etwas ... Ich will, dass es dir gut geht!«

»Lass uns gehen, ich möchte im Radio oder Fernsehen die neuesten Nachrichten mitkriegen!«, sagte Andrzej. »Und verschone mich mit deinem Mitleid – du lebst in London, ich in Kętrzyn.«

»Bitte ...«, antwortete Lidia. »Ich weiß, wie du dich fühlst ...«

»Das bezweifle ich nicht ...«

»Du bist ein großer Dichter – seit Miłosz die größte Hoffnung ... Diese Mörder dürfen dich nicht töten. Die Menschen brauchen dich!«

»Lidia! Hör auf!«

Sie verließen das Café und gingen zu Lidias Eltern. Er hatte den Schlüssel mitgenommen, der unerwartet ein Schlüssel zu seinem Glück geworden war, und Andrzej wusste, dass ihn sein Freund zum Nachgeben drängen würde. Und Nachgeben bedeutete nur eines: Flucht. Wollte er fliehen? Wohin?

6

Elsa Masseida-Ossowiecki, eine rothaarige, zierliche Frau mit scharfen Gesichtszügen und eindringlich großen Augen, denen nichts zu entgehen schien, öffnete die schwere Mahagonitür zu ihrem Palazzoapartment – sie musste wohl das metallene Klackern des Türschlosses gehört haben. Elsa wusste, dass Andrzej den Schlüssel mitgenommen hatte. Noch vor wenigen Minuten war sie unter der Dusche gewesen, denn sie trug einen Bademantel und hatte sich ein weißes Handtuch um ihren Kopf gewickelt. Sie war sechsundvierzig wie ihr polnischer Mann, und sie begrüßte Lidia und Andrzej auf Deutsch. Ihre weit geöffneten Augen und ihr blasses Gesicht verrieten jedoch, dass die schlechten Nachrichten aus Polen auch sie und ihren Mann längst erreicht hatten. Sie umarmte ihre Stieftochter und küsste sie auf die Wangen, dann schloss sie Andrzej kurz in ihre Arme.

»Vor einer halben Stunde hat uns ein Anruf aus London geweckt – von einem guten Freund …«, begann Elsa. »Und …«

»Wir wissen schon Bescheid!«, unterbrach Lidia sie. »Es ist schrecklich!«

»Wir haben gerade Radio *Free Europe* gehört, und auf der Langwelle senden sie die Ansprache des Generals und in den Pausen klassische Musik – düster und unerträglich, als wäre ein Diktator gestorben. Jacek hat mir einiges übersetzt! Jedenfalls sind die Sowjets bisher nicht in Polen einmarschiert, das hat aber nichts zu sagen. Dein Vater ist noch im Badezimmer, er braucht immer so lange, er ist wie ein Baby! Inzwischen koche ich euch schnell einen Kaffee!«

»Danke, Elsa«, sagte Lidia. »Aber wir haben im Café auf dem *Campo* gefrühstückt …«

»Mein Liebes, wie war deine Reise?«, fragte ihre Stiefmutter. »Du bist wieder tagelang durch halb Europa geirrt. Das nächste Mal musst du endlich fliegen …«

»Der Nachtzug aus Paris ist ein Albtraum. Ich habe Kopfschmerzen. Außerdem tut mir vom Liegen auf dieser harten Pritsche im Abteil der Rücken weh, und meine Mitfahrerin hat die ganze Nacht geschnarcht – ich werde mich gleich für ein Stündchen hinlegen und schlafen, aber in einem echten Bett …«

»Wir haben Aspirin aus den USA! Ich gehe mich jetzt schminken und anziehen, und dann gebe ich dir zwei Tabletten.«

Andrzej sagte: »Ich muss anrufen meine Frau! Bei unsere Nachbar ist Telefon!«

»Hoffentlich funktioniert die Leitung!«, antwortete Elsa. »Du weißt, wo das Telefon steht: in meinem Büro, und ein zweiter Apparat ist in der Küche. Ich drücke dir die Daumen, lieber Andrzej! Bis gleich …«

Nachdem sie weggegangen war, sagte Lidia auf Polnisch: »Bleib noch einen Augenblick bei mir, bitte …«

»Ich werde mir Mühe geben …«

Andrzej sprach ein wenig Deutsch und Englisch, wobei seine Deutschkenntnisse vor allen Dingen dann gut waren, wenn er etwas getrunken hatte und Jacek bei dem Gespräch anwesend war. Sein Freund flocht nämlich andauernd polnische oder englische Vokabeln ein, sodass Andrzej im Prinzip alles verstand. Jacek war sein persönliches Wörterbuch sozusagen, und im Eifer des Gefechts verlor der jähzornige Komponist oft die Kontrolle über seinen internationalen Wortschatz und redete praktisch in einem buntscheckigen Mix und Wortschwall aus drei Sprachen, was besonders köstlich war, wenn sein Gegenüber zum Beispiel nur Englisch verstand … »Jacek! *Speak English with me …*«

Lidia und Andrzej ließen sich, gleich nachdem sie sich ihrer Mäntel entledigt hatten, auf dem Sofa nieder – in dem riesigen Salon, in dem normalerweise eine gewöhnliche Drei-Zimmer-Wohnung hätte untergebracht werden können.

Lidia trank einen Schluck Wasser und legte sich auf dem Sofa auf den Rücken. Sie schloss die Augen und sagte: »Du könntest mich ins Bett tragen …«

Er betrachtete ihre geschlossenen Augen – die langen Wimpern zitterten leicht.

»Du kannst mein Zimmer haben, das *Mezzanino*! Ich werde auf der Couch im Büro deines Vaters übernachten … In seinem Studio.«

Aber Lidia antwortete ihm nicht mehr. Sie war eingenickt.

Andrzej sah sich im Salon um, als hätte er dieses im Bauhausstil eingerichtete Fünfzimmerapartment, das imposante zweihundertzwanzig Quadratmeter zählte, das erste Mal betreten.

An den Wänden hingen Elsas beste Fotografien: Porträts von bekannten Persönlichkeiten, die man weltweit kannte, wie auch stille Landschaften und natürlich diverse Schnappschüsse aus Venedig oder London.

Wie können meine lieben Gastgeber mit diesen fremden Gesichtern jeden Tag zusammenwohnen?, fragte er sich. Einige erkannte er wieder: von Karajan, Heidegger und Rudi Dutschke, den ihm der Chilene Gaston Salvatore als seinen ehemaligen Waffenbruder vorgestellt hatte, und zwar vor ein paar Tagen auf einem Empfang bei einer der angesehensten Familien Venedigs.

Die Bücherregale waren beladen mit Titeln aus Deutschland und England: der Kanon des 20. Jahrhunderts hatte in ihnen Platz gefunden, und so gut wie jeder Wunsch konnte schnell erfüllt werden.

Der Palazzo war im siebzehnten Jahrhundert gebaut worden, und im Salon hatte es ursprünglich keine verglasten Fenster gegeben. Einst trafen sich hier in diesem großzügigen Raum Geschäftsleute, um wichtige Entscheidungen zu besprechen. Heute redete man in dem jahrhundertealten Salon über die Zukunft der Kunst und Musik, aber auch über das Geldverdienen, das den Künstlern meistens schwerfiel, oder über den ewigen, noch nicht entschiedenen Kampf des Atheismus gegen die Religionen und ihre Götter.

Der braune Terrazzoboden glänzte spiegelglatt, war allerdings auf Grund seines hohen Alters an manchen Stellen rissig und hatte auch leichte, für das Auge kaum sichtbare Unebenheiten. Andrzej mochte am liebsten die hohen Decken, die von gewaltigen, dunkelbraun gestrichenen Eichenbalken getragen wurden. Die Wälder in den Nachbarländern der Dogenrepublik hatte man vernichtet, um Holz für die Lagunenstadt zu besorgen. Dieses meist vom Balkan hergeholte Holz lebte hier in der ertrunkenen Minimetropole ein ewiges Leben. Und das *Mezzanino*, in dem Andrzej übernachtete, lag im hinteren Teil des Palazzoapartments – aus seinem Fenster sah man auf einen schmalen Kanal hinab und direkt in die Arbeits- und Wohnzimmer des gegenüberliegenden Palazzos. Intimität war in Venedig ein Fremdwort: Andrzej hatte in dieser Woche schon mehrmals Liebespaare gesehen, die sich in ihren Betten unbeobachtet fühlten, aber er fand nichts Obszönes dabei, dass die Vorhänge nicht zugezogen worden waren. Seine beiden Freunde hatten großzügige Arbeitsräume, Elsa besaß ein professionelles Fotolabor und Jacek neben einem *Steinway* ein Aufnahmestudio mit elektronischen Instrumenten und eine beachtliche LP-Sammlung der *Deutschen Grammophon*, was kein Wunder war. Schließlich hatte er ein paar Aufnahmen für das Plattenlabel gemacht, was er auch dem Umstand verdankte, dass

Elsas Onkel einer der Direktoren der berühmten und angesehenen Firma war.

Als Jacek in den Salon kam, war er schon rasiert und trug sogar eine Hose und ein Hemd, was für ihn ungewöhnlich war, denn er besaß die Angewohnheit, bis zum späten Nachmittag im Bademantel oder in einer samtenen Hausjacke zu arbeiten oder seine Gäste zu empfangen. Er sagte, er könne so am besten komponieren oder sich bei einem Gespräch mit Freunden entspannen. Zur Zeit schrieb er an seinen Streichquartetten, die ein Konzertveranstalter aus Rom in Auftrag gegeben hatte. Vormittags war er deshalb oft kaum ansprechbar, genau wie Elsa, die sich dann ebenfalls zurückzog, um in ihrem Studio eine Ausstellung oder neue Fotos für eine Fachzeitschrift vorzubereiten.

»Hi Andrew! Hast du meine Tochter schön abgeholt?! Und nach Hause gebracht?! Wunderbar!«, sagte er.

Lidia wurde wach und richtete sich auf.

Jacek schloss seine Tochter in die Arme und begrüßte die Wahllondonerin mit einem zärtlichen Stirnkuss, der besagte: »Ich liebe dich, mein Mädchen! Für dich tut dein Vater alles! Er wird dir jeden Wunsch von den Augen ablesen und erfüllen!«

Da Elsa immer noch mit ihrer Garderobe und dem Schminken beschäftigt war, sprach Jacek mit seiner Tochter auf Polnisch, und Andrzej wartete nun auf den Augenblick, in dem der Komponist endlich mit seiner Schimpfkanonade gegen den General, seine Soldaten und die Kommunisten in der Volksrepublik Polen beginnen würde. Jacek zündete sich eine

Zigarette an und goss sich einen Kaffee ein, dann setzte er sich auf einen Sessel und sagte: »Diese *bastards*! Diese Scheißwankers! Diese *fucking bastards! Skurwysyny!* Was wollen sie? Den Dritten Weltkrieg hervorrufen? Sollen wir alle in einem atomaren Holocaust umkommen?«

»Papa, beruhige dich wieder«, sagte Lidia.

Aber Jacek hörte seiner Tochter gar nicht zu. Ihm ging etwas durch den Kopf, was er sich sehr wahrscheinlich gleich nach dem Anruf aus London überlegt hatte. Er machte das Gesicht eines Erleuchteten, seine Stirn zog sich zusammen, ebenso seine Augenbrauen, und dann sagte er: »Andrzej! Du *musst* in Italien bleiben – wir werden für dich Asyl beantragen …«

»Ich *muss* zurückgehen! Ich kann meine Frau und meinen Sohn nicht diesen Bestien überlassen«, wehrte sich Andrzej.

»Ich werde dich nicht zurückgehen lassen«, sagte sein Freund. »Dein Verlag ist in Paris, und du kannst erst einmal bei uns wohnen, solange du willst. Irgendwann holst du deine Familie aus Polen raus …«

»Wolltest du nicht deine Frau anrufen?«, fragte Lidia.

Sie wirkte in diesem Moment sehr viel älter, als wäre sie in seinem Alter, so kam es zumindest Andrzej vor; die verfluchten dreizehn Jahre, die zwischen ihnen lagen, waren wie aufgehoben. Die Sonne hatte sich den Weg durch die Wolken gebahnt, ihre Strahlen fielen endlich in den dunklen Salon, und jetzt schien sie Lidia direkt ins Gesicht und blendete die junge Dame, die in dem starken Sonnenlicht schnell gealtert war.

»Ich lege mich schlafen, wenigstens für eine Stunde!«, sagte Lidia. »Und ich komme auch heute Abend nicht mit zum Essen zu deinem *Barone* Eduardo, obwohl er mich miteingeladen hat …«, wandte sie sich an ihren Vater. »Er langweilt mich … und der heutige Sonntag ist der traurigste in meinem ganzen Leben … So einen Tag verbringt man nicht mit einem reichen und dekadenten Alkoholiker, der sich einen bolivianischen Indianer zum Butler gemacht hat und sich von ihm bekochen lässt – der Indianer sieht in seinem roten Butlerjackett so unbeholfen aus wie Robinson Crusoes Freitag ... Wenn sich der *Barone* Gaston Salvatore zum Beispiel als Butler hielte – das hätte wenigstens einen Sinn …«

Ihre scharfe Zunge imponierte Andrzej, sie hatte den Schneid von ihrem Vater geerbt.

»Du übertreibst, Lidia. Eduardo liebt dich wie seine eigene Tochter. Und er ist fast blind – er braucht Hilfe! Außerdem beleidigst du Gaston.«

Lidia ignorierte ihn und sagte: »Andrzej, du hast wohl nichts dagegen, wenn ich mich in dein Zimmer lege?« Sie wartete aber seine Antwort nicht ab, stand auf und ging.

Nachdem sie verschwunden war, schaltete Andrzejs Freund das Radio im Salon ein und sagte: »Du musst im Westen Asyl beantragen – ich lasse dich nicht gehen … Ich werde versuchen, das Essen bei Eduardo auf morgigen Abend zu verlegen – er wird sicherlich Verständnis haben, wenn ich ihm von dem Ausnahmezustand in Polen erzähle.«

»Jacek – ich kann nicht in Venedig bleiben! Was soll ich denn in dieser Stadt tun? Wovon leben? Ich werde doch kein Gondoliere oder Kartenabreißer im Guggenheimmuseum oder in den *Gallerie dell'Accademia* – wie stellst du dir das überhaupt vor?«, ärgerte er sich und machte das Radio lauter. Aber er verstand kein Wort – sein Freund hatte einen italienischen Sender eingeschaltet.

»Möchtest du die Stimme des Generals hören?«, fragte Jacek. »Im ersten Programm aus Warschau?«

»Nein, nicht nötig! Ich glaube dir, dass du ihn gehört hast … Ich weiß auch, was er seinem Volk zu sagen hat …«

»Ich bin glücklich, dass du mir vertraust und mir alles verziehen hast!«

Andrzej stand auf und sagte: »Ich muss telefonieren, Jacek, ich kann hier nicht herumsitzen und Radio hören und über einen Asylantrag diskutieren. Das ist albern, verstehst du? Ich muss zurück zu meiner Familie!«

Er ging aber gar nicht in die Küche, auch nicht ins Büro von Elsa, wo er ebenso bei seinen Nachbarn in Kętrzyn hätte anrufen können, die wiederum seine Frau Monika an den Apparat würden bitten müssen – ausgerechnet wegen eines Anrufs aus Italien. Und wer weiß, ob er überhaupt durchkommen würde? Auf ein bestelltes internationales Telefongespräch wartete man in seiner Volksrepublik manchmal ganze zwei Tage, und das konnte er Monika nicht zumuten. Und vielleicht hatte die Volksarmee sämtliche Telefonleitungen aus und nach Polen gekappt? Er ging stattdessen zu Lidia, die bestimmt in seinem Bett lag und hoffentlich schon schlief. Er wollte nachsehen, ob ihr nichts fehlte. Er ertappte sich dabei, dass er sich so benahm, als wären sie ein Liebespaar. Der Gedanke war nicht unangenehm, er überraschte ihn aber, und alles in ihm sträubte sich gegen die Vorstellung, dass er sich womöglich in die Tochter seines besten Freundes verlieben könnte. Wenn es die Todsünde wirklich gab, dann wäre die Liebe zu Lidia diese Todsünde.

Andrzej betrat leise und wie auf Zehenspitzen das *Mezzanino*, das Fenster war angelehnt, er würde es schließen müssen, weil es in dem Raum kühl geworden war. Unten in dem schmalen Kanal herrschte Stille, man hörte nicht einmal Musik oder Stimmen aus dem benachbarten Palazzo.

Lidia war längst eingeschlafen, sie hatte lediglich ihren Rock und ihre Stiefel ausgezogen, und dann hatte sie sich einfach auf die Bettdecke gelegt. Sie schlief tief und fest, und er deckte ihre Schultern und Hüften – sie lag auf der Seite mit dem Rücken zur Wand – mit seiner dicken Strickjacke zu, damit sie nicht fror. Was will ich hier bei Lidia?, fragte er sich. Er schaute sie an: Sie atmete ruhig, und ihre schlanken Beine sahen einladend aus. Ihre Augenlider zuckten in regelmäßigen Abständen. Er verspürte auf einmal ungeheure Müdigkeit, die ihn in seinem von den Kommunisten unterjochten Land schon seit Jahren begleitete und die hier in Venedig zu neuen Kräften kam und ihn quälte. Das Lagunenwasser, das in den Kanälen sein Unwesen trieb und auf die Träume und die Energieströme im menschlichen Körper großen Einfluss ausübte, hatte ihn so träge und handlungsunfähig gemacht. Er befand sich in einem Ausnahmezustand, wie seine Heimat.

Er trat leise ans Fenster und warf einen Blick auf den Kanal, wo er das Motorboot des Malers Toni Muraro, eines Freundes von Jacek, entdeckte. Es war ein schmächtiges, aus Holz gebautes Wassergefährt für vier Personen. Der Maler hatte

Andrzej schon zwei Mal auf eine nächtliche Tour durch die Kanäle mitgenommen, um ihm zu zeigen, was man normalerweise nie zu Gesicht bekam, wenn man lediglich für ein paar Tage in Venedig weilte und keinen Einheimischen kannte. Unter der mittelalterlichen Kirche *Santo Stefano* zum Beispiel fuhr man mit Tonis Boot im Schneckentempo hindurch, atmete die modrige Luft der jahrhundertealten Mauern ein und verlor in der dort herrschenden Dunkelheit die Orientierung, weil das Sonnenlicht diesen verlorenen Wassertunnel noch nie erreicht und gesehen hatte.

Der Maler Toni war wohl gestern Nacht zu Fuß nach Hause gegangen, weil er sich in seinem Zustand wahrscheinlich nicht mehr getraut hatte, das Motorboot durch das Dunkel der Brücken und Kanäle zu steuern, obwohl er alle Wasserverbindungen und -trassen bestens kannte: als alter Venezianer.

Und plötzlich erinnerte sich Andrzej an sein Lieblingsgedicht von Krzysztof Kamil Baczyński: »›Im Schwall deines Haars, im dunklen Fluss der Lippen, des Walddickichts wie ein Abend, das vergebliche Rufen, das vergebliche Plätschern‹«, flüsterte er die Anfangszeilen und schloss das Fenster des *Mezzanins* wieder.

7

Zurück im großzügigen Salon mit den hohen Wänden und Decken, geriet er mit Jacek, der ihn fast auf den Knien darum bat, er möge im Westen bleiben und einen Neuanfang wagen, noch einmal in ein Gespräch über den Asylantrag. Erst als Elsa, fertig geschminkt und angezogen – sie entwarf und schneiderte all ihre Kleider selbst, wie sich das für eine Künstlerin gehörte –, den Raum betrat, wurde Jacek ruhiger und änderte seinen fast schon hysterischen Ton, mit dem er den ganzen Morgen auf seinen Gast eingeredet hatte.

»Er muss gar nichts – es ist seine Entscheidung!«, sagte Elsa. »Andrzej soll machen, was er für richtig hält: wie wir es in meiner ganzen Verwandtschaft halten; wir lassen uns von niemandem in die Karten schauen. Und manche von uns leben immer noch in Deutschland, sie sind nach dem Ende des Krieges zurückgekommen. Ich könnte es nicht, obwohl Deutsch meine Muttersprache ist – neben dem Englischen. Ich hab's doch einmal ausprobiert – nach fünf Jahren Frankfurt am Main war Schluss, obwohl ich in dieser Stadt geboren bin und einen Teil meiner Kindheit dort verbracht habe. Wenn Andrzej also zurückkehren will, darfst du ihn, Jacek, davon nicht abhalten!«

Elsas Anspielungen auf ihre jüdische Sippe und deren Widerspenstigkeit gefielen Andrzej. Er befürchtete jedoch, dass sie seine Motive für eine mögliche Rückkehr nach Hause ganz anders verstand als ihr Mann. Sie hatte nie unter der Herrschaft eines diktatorischen Regimes gelebt, und sie begriff nicht, was es bedeutete, ein Linker in einem kommunistischen Staat zu sein, und er durfte außerdem seine Familie nicht im Stich lassen. Elsa hatte auf ihren eigenen Wunsch ihre Schul- und Studienzeit in England verbracht. Ohne die Unterstützung von ihrem Onkel, dem großzügigen Direktor der *Deutschen Grammophon*, wäre allerdings ihr Wunsch nie in Erfüllung gegangen. Sie bezeichnete ihn gern als ihren Ersatzvater und ihre Ersatzmutter, denn ihre Eltern – zwei Künstler – schienen schon vor langer Zeit vergessen zu haben, dass sie eine Tochter hatten: Ihre Energie konzentrierte sich ganz auf ihre Arbeit – auf die Malerei. Elsa war also ein klassisches Internatskind gewesen, das vom reichen und klugen Onkel mit tadellosen Manieren und exzentrischer Bildung verwöhnt und erzogen worden war. Er zeigte ihr in ihrer Jugend Venedig und machte sie mit den Großen ihrer Epoche bekannt, mit den Heroen Herbert von Karajan oder Peggy Guggenheim, als gehörten sie zur Familie.

Andrzej entschuldigte sich und verzog sich in Elsas Arbeitszimmer, um dort endlich mit Polen zu telefonieren.

Zweites Kapitel

1

Am Nachmittag verließ Andrzej das Palazzoapartment seiner Freunde und beschloss, einen Spaziergang zu der *Frari*-Basilika zu unternehmen, um einen klaren Kopf zu bekommen. In den Pausen zwischen den Heiligen Messen konnte man sich in der Basilika auf eine Bank vor den Altar setzen und Tizians gigantisches Gemälde, das die Aufnahme Mariens in den Himmel darstellte und überall unter dem Titel *Assunta* bekannt war, genießen – allerdings eher wie einen verruchten Kinofilm. Andrzej mochte das Bild nämlich deshalb, weil es ihm eine weltliche und keine kirchliche Geschichte erzählte: Alle Männer aus einem Dorf, alt wie jung, begehren die schöne Maria, jeder will sie haben und heiraten, doch dann kommt ein reicher und gut aussehender Fremder aus der Stadt und entführt sie; oder der wohlhabende Herr schlüpft in die Gestalt des weißen Stiers und überfällt die begehrenswerte Maria ... und flüchtet mit ihr. Es ging jedenfalls immer wieder um die alte Liebesgeschichte, die Tizian auch in seinem Gemälde *Raub von Europa* erzählte.

Leider war Andrzej weder reich noch gut aussehend, zumindest hielt er sich für einen durchschnittlichen Mittdreißiger und Mitteleuropäer, und vor ihm lag eine schwere Entscheidung, die er nicht bis zu seinem Abflug am kommenden Montag mit sich herumtragen wollte. Sollte er nach Polen zurückkehren? Oder Asyl beantragen? Und wie würde er diese Flucht in ein paar Jahren seinem Sohn Piotruś erklären? Man konnte nicht alle Schuld den Kommunisten, dem General und seinem Kriegsrecht zuschieben …

Jacek hätte seinen Freund gerne auf seinem Spaziergang begleitet, unter anderem um mit ihm über die gefährliche Entwicklung in ihrer Heimat weiter zu diskutieren, aber Andrzej bat ihn um Verständnis, dass er wenigstens für eine Stunde allein sein müsse, um sich Klarheit über alles zu verschaffen.

Er ging wieder zum *Campo San Polo*, der auf dem Weg zur Basilika lag. Es war schrecklich, aber er hatte bei Elsa in ihrem Büro ständig das Besetzt-Signal am Telefon erwischt und nach einer Stunde diesen Kampf aufgegeben. Im Fernsehen und Radio waren die Nachrichten bescheiden, General Jaruzelski habe in der Nacht zum 13. Dezember den Ausnahmezustand verhängt, doch niemand konnte genau sagen, was in Polen passierte. Er machte sich schreckliche Sorgen, Sorgen, die er am liebsten mit einer Flasche Wodka betäubt hätte, aber in diesem Fall war er sich nicht sicher, ob die alte Methode wirklich funktionierte. Er machte sich Sorgen um seine Frau und seinen siebenjährigen Sohn Piotruś, um seine Eltern und Freunde.

Ich rauche eine *Gitanes*, trage ein frisch gewaschenes weißes Hemd, eine schwarze Krawatte, ein graues Sakko und eine dunkle Hose, ich trage einen Trenchcoat und flaniere auf meinem Lieblingscampo in Venedig, während in meinem Land Panzer über die Straßen rollen und Menschenknochen zermalmen. Nein, ich muss zurückkehren, ich kann nicht in Venedig im Café sitzen und auf ein Wunder warten, dass man meiner Frau einen Reisepass ausstellt – und nach ein paar Monaten würde Jacek mich bestimmt darum bitten, zu einem guten alten und hilfsbereiten Kollegen umzuziehen, zum Beispiel zu Gustaw Herling-Grudziński nach Neapel, dem alten Emigranten, Gulag-Überlebenden und Autor von *Welt ohne Erbarmen*, oder zu einem der jüngeren Kollegen, die einer ganz gewöhnlichen Brotarbeit nachgehen und ein gutes Herz haben.

In einer Bar trank er einen Espresso und bestellte sich einen *Martini Dry* mit einer Olive. Die Stadt und ihre Bewohner kümmerte es wenig, was in einem kalten, weit entfernten Land irgendwo im Norden Europas geschah. Er hörte aber den Gesprächen in der Bar genau zu. Leider sprach niemand Polnisch, und das Kriegsrecht schien kein großes Thema zu sein. Andrzej überlegte: Was sie wohl Piotruś und den anderen Kindern erzählten? Und was nutzte ein Vater, der sich in der Ferne Sorgen machte?

Er setzte seinen Spaziergang fort, in den schattigen engen Gassen kam ihm immer wieder der Gedanke an Lidia. Er hatte ein schlechtes Gewissen, weil er eigentlich nur an seine Frau denken durfte: an seine Monika in Kętrzyn. Sie ist so tapfer, dachte er, sie wäre so gerne in Warschau geblieben, doch sie hat für mich alles aufgegeben, um mit mir in diesem masurischen Kaff leben zu können, wohin mich die Regierung verbannt hat, zurück in meinen alten Heimatort. Ich kann sie in dieser schweren Stunde nicht verlassen und Asyl beantragen, wenn auch unsere Liebe nicht mehr das ist, was sie einmal für uns bedeutet hat. Und außerdem: Wer wird denn Piotruś erklären, warum die Straßen selbst am helllichten Tage von Soldaten patrouilliert werden? Das kann nur sein Vater tun!

Als er in die Nähe der *Vaporetto*-Haltestelle *San Tomà* gekommen war, wusste er, dass er eine der Gassen nehmen musste, die nach rechts abbogen – in Richtung des Busbahnhofs. Man konnte sich in Venedig schnell zurechtfinden, weil alle Sehenswürdigkeiten und Treffpunkte ausgeschildert waren. Überall stieß man auf die an den Häusern angebrachten gelben Schildchen *Per Rialto* oder *Per San Marco*, was für eine erste grobe Orientierung in der Lagunenstadt vollkommen reichte. So war auch der Weg zu der *Frari*-Kirche gekennzeichnet, diesem Schild und Pfeil musste er nur folgen. Er kam sich manchmal in den Gassen, die von einer Brücke bis zur nächsten und von einem *Campo* bis zum nächsten führten, so vor, als würde er niemals mehr den Ausgang finden. Es handelte sich um ein seltsames Katz-und-Maus-Spiel, und eigentlich war es egal, wohin man ging und was man sehen und erledigen wollte, denn nirgendwo in dieser Stadt war man zu Hause, nirgendwo war man angekommen, weil man eigentlich ständig vor dem Wasser floh und vor der kommenden Flut. Und somit war jeder Weg richtig, jeder führte zum Ziel.

Der Himmel war wieder hier und da mit Wolken bedeckt, und in der *Frari*-Kirche hatten die frühen Sonntagsmessen schon stattgefunden. Er suchte sich ein freies Plätzchen, um auf der Bank zu entspannen. Er hoffte, dass ihn Tizians Gemälde auf andere Gedanken bringen würde: weg von Polen und Monika, weg von Lidia und Jacek und Elsa. Und weg aus dieser Stadt. Für einen Augenblick wollte er verschwinden und alles vergessen.

Die Touristen störten ihn nicht, ihre Schritte und Stimmen beachtete er kaum, während er sich in aller Ruhe Tizians *Assunta* anschaute: die unbekannteste Liebesgeschichte Venedigs. Er musste plötzlich an eine Notiz denken, die er am heutigen Morgen bei Jacek auf seinen Notenblättern gelesen hatte: *A. ist kein Löwe, er kann nicht unter Wasser atmen und darf V. trotzdem nicht verlassen – daran gibt es keinen Zweifel.*

2

Eine Viertelstunde später stand Lidia neben ihm. Woher wusste sie, wo er sich herumtrieb?

»Was tust du hier?«, fragte er sie, als sie sich zu ihm setzte.

»Ich habe gleich nach dem Aufwachen bei meinen Eltern in deinem letzten Gedichtband herumgeblättert – du hast ihn auf deinem Bett liegen gelassen. Und da fiel mir das Gedicht über Tizian ins Auge …«

»Mein Lieblingsmaler!«, antwortete er. »Und du bist ein Naturtalent … Könntest eine Detektivin werden … Ein *na-*

turschtschik, wie die Russen sagen, Naturtalent also ... Was meinst du, werden sie bei uns einmarschieren und einen Krieg mit Amerika riskieren?«

»Diese Frage hier vor dem Altar und der *Assunta* ...«, entgegnete ihm Lidia. »Ich weiß nicht, was du hören willst. Bestimmt etwas Prophetisches. Ihr Katholiken denkt ständig an die Erlösung ...«

»Ihr? Sachte, mein Kleines, ganz sachte«, antwortete Andrzej, »aber wenn du darüber nicht sprechen willst, erzähl mir, wieso du so schnell Deutsch und Englisch lernen konntest. Die ersten fünf Jahre in der Emigration hast du in Frankfurt verbracht, dann seid ihr nach London gegangen, und du bist dort geblieben, während deine Eltern vor drei Jahren nach Venedig gezogen sind ...«

»Besser könnte ich es nicht erklären, wieso ... Von 1971 bis 1976 bin ich in Frankfurt zur Schule gegangen, danach in London, wo Elsa ein Haus besitzt. Mein Studium der Anglistik habe ich abgebrochen: Ich verliebte mich in einen Schauspieler und landete schließlich bei der BBC. Ich habe mir dann geschworen, mich nie wieder zu verlieben – ein dummer Schwur, ich weiß, aber der Schauspieler hat mich für eine andere verlassen, für ein Flittchen und Dummchen im Übrigen, was besonders eklatant gewesen ist.«

»Eklatant? Wohl eher ernüchternd!«

»Egal: Nach diesem Liebesdebakel entschloss ich mich für das Geld, was bedeutet, dass mich nur noch reiche Männer interessieren – ich hab bloß noch nicht den richtigen mit dem richtigen Portemonnaie gefunden. Jedenfalls will ich ein paar Filme über Menschen wie meinen Vater, über berühmte Emigranten also, drehen und dann reich heiraten ...«

»Wieso möchtest du das Geld heiraten? Willst du dich so an dem Schwachkopf, der dir einen Korb gegeben hat, rächen?«

»Wieso nicht? Hast du was dagegen?«

»Nein. Aber du bist zu klug, um deine Seele an den Teufel zu verkaufen!«

»Willst du mir vorschreiben, wie ich leben und denken soll?«

»Ich staune bloß über dich ...«

»Das ist dein Problem«, sagte Lidia und legte ihren Kopf auf seine linke Schulter. »Weißt du überhaupt, was heute Morgen passiert ist?«

»Nein«, sagte er, und nach einer kurzen Überlegung fuhr er fort: »Ich habe mein Land verloren. Und auch meine Familie, zumindest vorläufig.«

»Ich spreche von den zwei Spiegeln.«

»Von welchen Spiegeln?«

»Elsa hat mir erzählt, dass in ihrem Arbeitszimmer jemand den Hängespiegel abgenommen und gegen die Wand gelehnt hat. Das Gleiche ist in dem *Mezzanino*, wo du schläfst, geschehen.«

»Wo du geschlafen hast. Und was ist so seltsam an dieser Spiegelgeschichte?«

»Ganz einfach: Die beiden Spiegel kann unmöglich ein einziger Mann von der Wand nehmen. Sie sind zu schwer und zu groß. Außerdem haben sie ja keinen Rahmen. Und wären sie von allein von der Wand runtergerutscht, hätte man es gehört, weil sie dann zerbrochen wären. Aber sie konnten nicht von allein auf den Boden runterrutschen, weil sie festgeschraubt sind. Wer hat das also getan? Du etwa? Ganz allein? Unmöglich!«

»Ich war betrunken und habe geschlafen.«

»Meine Stiefmutter glaubt nicht an Dibbuks oder an Wunder. Sie ist eine knallharte Atheistin – sie saß schon auf dem Schoß von Peggy Guggenheim und Simone de Beauvoir. Und nun ist die arme Elsa vollkommen durcheinander … Wer kann es gewesen sein?«

»Sie selbst und dein Vater. Sie trinken ganz schön viel.«

»Du doch auch. Jacek hat auch gestaunt, als er die beiden wandernden Spiegel gesehen hat. Nein. Niemand weiß, wer die Spiegel von der Wand nahm. Du auch nicht, du hast nicht einmal gemerkt, dass etwas nicht in Ordnung ist …«

»Vielleicht ist es ein Zeichen?«

»Was für ein Zeichen?«

»Ich weiß es nicht. Es ist heute Nacht viel passiert. Wir haben uns nach langer Zeit wiedergetroffen, und du bist eine hübsche Frau geworden, die reich werden will. In Polen wurde der Ausnahmezustand ausgerufen. Und ich stehe vor der schwersten Entscheidung meines Lebens. Die Dinge ändern sich manchmal total unerwartet und schlagen eine seltsame Richtung ein.«

»Schreibst du deswegen Gedichte?«

»Weil es Dibbuks gibt? Oder solche Zeichen?«

»Ja. Machen dir die beiden Spiegel keine Angst?«

»Nein. Die Menschen machen mir Angst, Lidia, die Menschen.«

3

Sie besichtigten die *Frari*-Kirche, die die Maße eines Doms oder einer Basilika hatte und die mit ihrem vollständigen Namen *Santa Maria Gloriosa dei Frari* hieß. Die tragenden Säulen im Inneren waren gewaltig, und trotzdem wirkten sie, da sie aus weißem Gestein waren, nicht protzig wie in so mancher Kirche, die in Masuren von den Kreuzrittern gebaut worden war. Andrzej und Lidia blieben noch eine Weile bei den Tempelsäulen stehen, dann besichtigten sie die Skulpturen und Grabmäler, den Unterwasserpalast der römischen Götter. Der Katholizismus war ein schlauer Bursche: Er hatte den Ägyptern und Griechen und Römern die Säulen und Skulpturen gestohlen und ließ die Heiden für sich arbeiten – im Namen der Dreifaltigkeit. War Venedig in Wirklichkeit ein einziger riesiger Tempel, gewaltiger als die Pyramiden in Ägypten? Eine Art Antenne oder Sender, mit dessen Hilfe man mit dem Jenseits kommunizieren konnte? Mit der Unterwasserwelt?

Andrzej machte sich seine Gedanken, und er wusste, dass er in seinen Gedichten beim Beschreiben der herrlichen Kirchen und Palazzi der Lagunenstadt aufpassen musste. Er erinnerte sich an die Warnung von Czesław Miłosz: Kunst sei verräterisch, wie alle Schönheit der zerbrechlichen Materie.

Sie gingen wieder zurück zum *Campo Santa Maria Mater Domini*. Unterwegs machten sie eine Pause in einer Bar. Es war in dieser Stadt ein Ritual, schnell irgendwo einzukehren und etwas zu trinken, nur dass Andrzej der *Aperol Sprizz* nicht allzu sehr schmeckte. Er liebte den *Martini* und zum Abend eine einfache Pasta mit Chili und Knoblauch, kurz erhitzt in Olivenöl. Er hatte Hunger, und er musste sich bremsen, weil er Lidia immer näher kam – ihrer Nase und ihren Augen und Lippen.

Du hübsches Mädchen, meine Millionärin und *San Marco*-Taube, ich werde dich vor den fetten bösen Möwen, die selbst Aas fressen, beschützen, und du möchtest reich werden, reich, dachte er. Ja, vielleicht ist das das Einzige, was man hier werden soll: in dieser einst reichsten Stadt Europas. Reich und frei werden. Vielleicht sollte man das wenigstens versuchen. Ich will bloß frei sein, und das ist womöglich mein Fehler, so wie es dein Fehler ist, Lidia, dass du reich werden willst. Man kann sich seine Wünsche oder Träume nicht erfüllen, das ist eine Illusion, man erfüllt bloß seine Bestimmung und denkt dabei, man habe einen freien Willen und eine Vorstellung von den Dingen.

Er trank seinen *Martini* und sie ihren *Sprizz*. Sie schwiegen eine ganze Weile und schauten einander in die Augen. Sie schwiegen sogar dann, als die Stille zwischen ihnen unerträglich wurde.

4

Der *Barone* Eduardo Tirolo, der, was seine Einladungen anging, sehr penibel und empfindlich war, ließ sich angesichts der dramatischen Entwicklung in Polen umstimmen und verlegte das Dinner auf den nächsten Abend. Das passte auch

Jacek und Andrzej ausgezeichnet, sie wollten ihre Gespräche fortsetzen und sich in aller Ruhe im Fernsehen die Nachrichten anschauen, bei einem Glas Whiskey und einer Zigarre. Jacek liebte Zigarren, und nach den Nachrichten und dem Abendessen konnte man noch ein wenig Musik hören, Jaceks neuste Kompositionen. Es dauerte lange, bis sie vollendet waren, und oft blieb es nur bei Skizzen, doch ihr roher und unfertiger Zustand faszinierte Andrzej.

Da nun das Dinner beim *Barone* verlegt worden war, hatte Elsa am Abend wieder Küchendienst, was sie nicht betrübte, ganz im Gegenteil – Elsa kochte gerne und besser als jeder Koch in einem gewöhnlichen Restaurant um die Ecke, hinter der nächsten Brücke; meistens war das Essen in den Restaurants versalzen, auch Venedig war vor dieser Sünde nicht gefeit, und am Abend würde es, freute sich Elsa, Pasta mit Scampis und Tomatenpesto geben, und als Vorspeise einen Salat mit Nüssen und Orangen – für Andrzej fast schon zu viel des Guten, er speiste in der Lagunenstadt viel zu exklusiv, fand er, und er bedauerte sehr, dass seine Frau nichts von all den Köstlichkeiten probieren konnte. Das täglich Brot des Sozialismus war grauenvoll, buchstäblich, wenige Speisen wiederholten sich ständig. Schweineschnitzel – eigentlich ein Luxus – und Kartoffelpuffer und Hühnersuppen terrorisierten die gelangweilten Gaumen und Mägen.

Andrzej musste an seinen siebenjährigen Sohn denken, dem er versprochen hatte, ein Geschenk aus Venedig mitzubringen, und er hatte für ihn sogar schon etwas gekauft: eine weiße Maske zum Selbstbemalen.

Er sollte eigentlich schon längst mit dem Wasserbus unterwegs zum *Marco Polo*-Flughafen sein, um das nächstmögliche Flugzeug nach Warschau zu erwischen. Es war ganz einfach seine Pflicht, seiner Familie treu zu bleiben, und in seinem Herzen würde wieder Frieden regieren und nicht die Sorge, dass es womöglich keine Rettung mehr gab: für seine Nächsten und sein Land. Und für ihn selbst, weil er im Begriff war, sich in die Tochter seines besten Kumpels zu verlieben. Unentwegt dachte er an Lidia. Er sagte sich, mein Gott, du alter Narr, lass die Finger von Lidia, sie ist viel zu jung für dich, und sie wird in London ein schönes Leben haben, wenn du sie in Ruhe lässt …

Von all den Sorgen um seine Familie bekam Andrzej Kopfschmerzen und beschloss, sich hinzulegen und ein wenig zu schlafen, zumal er sehr früh aufgestanden war, dazu noch nach einer kurzen vertrunkenen Nacht. Er entschuldigte sich bei Lidia und ihren Eltern und verzog sich in das *Mezzanino*. Dort schlief er bis zum Abend – ganze drei Stunden, die ihn wieder lebendig machten.

5

Elsa sagte keinen Ton zu den beiden Spiegeln und zu den bösen Geistern, die mit deren seltsamer Wanderung zu tun haben könnten, und bevor sie sich nun alle zusammen an den Tisch im Salon setzten, sahen sie sich im Schlafzimmer, das gleich neben dem *Mezzanino* lag, die Fernsehnachrichten an.

Elsa sprach ein wenig Italienisch, sogar ganz passabel, und musste die wenigen Sätze, die die Nachrichtensprecherin über Polen brachte, simultan übersetzen. Sie wiederholte fast jedes zweite Wort, und Andrzej hatte den Eindruck, als würde er an einer offiziellen Pressekonferenz der Regierung aus Warschau teilnehmen. Leider waren die Nachrichten bescheiden, vor allem erfuhr man nichts über mögliche Straßenkämpfe gegen das Militär, nichts über Opfer und überfüllte Gefängnisse, und darüber, was Andrzej am meisten beschäftigte: Gab es Tote? Schüsse?

Der polnische Freund aus London rief noch einmal bei Jacek an: Er hatte mehr Neuigkeiten. In den nächsten Tagen seien Flüge nach Polen gestrichen worden, und man könne telefonisch niemanden erreichen. In drei Tagen solle sich dies aber ändern – spätestens. Andrzej war skeptisch – arbeitete der Londoner in der polnischen Botschaft? Nein, er sei ein alter Komponist und gehöre noch zu den Nachkriegsemigranten, die vor Stalin geflohen seien, verteidigte ihn Jacek. Der Londoner experimentiere mit elektronischer Musik, mit Algorithmen und Computern, er benutze die theoretischen Ansätze von Jan Mikusiński, der in den Fünfzigern über die Mathematik des Klangs geforscht habe, und komponiere seine elektronischen Stücke mit Hilfe von Algorithmen. Alles in allem nichts Neues – was nicht schon der gute Stockhausen gemacht habe –, und auch er selbst, meinte Jacek, benutze Algorithmen zum Komponieren immer öfter. Er warte bloß auf einen leistungsstarken *Personal Computer*, dann werde für die Komponisten eine Revolution stattfinden. Sein

Büro und Aufnahmestudio ähnelte einem Laboratorium und Raumschiff, riesige Schränke mit Hunderten von Knöpfen und Reglern standen an den Wänden und waren miteinander verkabelt. Einen besseren Kontrast zu dem ehrwürdigen *Campo Santa Maria Mater Domini*, der sich bei gutem Wetter und trägem Sonnenuntergang vergoldete und feurig glitzerte, konnte es nicht geben: hier die Elektronik und die Algorithmen, dort die Palazzi und die Löwenköpfe, die Gondeln und die maurischen Fenster, die Chimären und die Zentauren. Aber Jacek war nicht nur Komponist der modernen klassischen Musik – er hatte auch einige Pop- und Jazzausflüge absolviert. Eine Produktion hatte ihm sogar ein beachtliches Vermögen eingebracht, er hatte nämlich zwei Songs für Grace Jones geschrieben. Doch mit dem *Fucking Pop Business*, wie er bei jeder Gelegenheit zu sagen pflegte, wolle er nichts zu tun haben.

Kurz und gut: Der polnische Freund aus London hatte mehr nicht zu berichten, und so blieb Andrzej nichts anderes übrig, als auf Neuigkeiten zu warten – in dieser weiblichsten und distinguiertesten aller Städte, denn der Maler Toni beschrieb seine Geburtsstadt als eine Dame, eine junge und kränkliche Dame von unvergleichlicher Schönheit und Zerbrechlichkeit, was man am besten daran sehen könne, so Toni, wie sehr sich dieses zarte Geschöpf gegen die Touristen und den Fortschritt wehre, ebenso gegen die Massenunterhaltungsindustrie.

Nach dem Essen verzog sich Andrzej wieder in Elsas Arbeitszimmer und versuchte, in Polen anzurufen. Er saß am

Schreibtisch und drehte sich eine halbe Stunde lang den rechten Zeigefinger wund. Er betrachtete die ganze Zeit den Spiegel, der an der Wand angelehnt stand. War ich das gewesen? Im trunkenen Zustand? Oder mein Doppelgänger: der böse Geist meiner Begierde und Albträume?

Wieder gab er sich geschlagen und ging mit einer schrecklichen Enttäuschung in seinem Herzen zu Lidia und ihren Eltern zurück. Sie tranken im Salon Rotwein und rätselten darüber, wer nun die beiden Spiegel von der Wand entfernt haben könnte.

6

Elsa sagte auf Deutsch: »Es ist kein gutes Zeichen, wenn sich Spiegel von alleine bewegen, als wären sie lebendige Wesen. Bei uns in der Verwandtschaft ist das zwar nichts Neues, dass Möbelstücke und Spiegel Beine bekommen, aber ich brauche dennoch eine logische Erklärung, und die gibt es in diesem Fall nicht …«

»Wieso? Was ist bei euch passiert?«, fragte Lidia.

»Eine alte Geschichte – ich kenne sie so gut, als wäre sie unsere eigene, liebes Kind!«, meinte ihr Vater.

»Vor der Reichskristallnacht hat sich ein Badezimmerspiegel in der Wohnung meiner Großmutter in Frankfurt am Main auf den Weg gemacht und fand sich plötzlich im Flur, und im März 1968 – vor der Ausreise meiner Tante Lucyna aus Warschau nach Schweden – passierte genau das Gleiche;

da ist auch ein Spiegel durch die Wohnung gewandert. Und nun sind wir dran, wie es scheint.«

Elsas Mann, dem solche Geschichten gar nicht gefielen, sagte: »So ein Quatsch! Du hast ganz einfach vergessen, dass du vor ein paar Wochen schon das gute Teil runtergenommen hast, weil du mit deiner Freundin auf dem Boden gemalt und mit dem Licht experimentiert hast. Und Andrzej ist im trunkenen Zustand zu jedem Hokuspokus fähig. Ihn kann man auch verdächtigen!«

»Es muss eine Erklärung geben«, antwortete Elsa. »Aber wir finden keine ... Und mit meiner Berliner Freundin habe ich schon telefoniert!«

»Dann telefoniere noch einmal mit ihr!«, lachte Jacek.

Ihr Hin und Her nahm kein Ende, und Westberlin war für Andrzej ein willkommenes Stichwort; er mochte diese Stadt, obwohl er sich in ihr nur zwei Wochen aufgehalten und die Abende mit deutschen Dichtern vertrunken hatte. Und eines war kaum zu glauben: Das Reichstagsgebäude, das die Deutschen ihrem Volk wiederaufgebaut hatten, stand auf einem Grundstück, das einst Elsas Familie gehört hatte. Elsas Vorfahren hatten im 19. Jahrhundert leichten Herzens dieses Fleckchen Erde verkauft, das ihren Nachkommen einmal zum Verhängnis werden sollte.

Lidia öffnete eine neue Flasche Rotwein, sie war schon etwas angetrunken, und ihr Vater bremste sie nicht – aus Traurigkeit, Verzweiflung und Wut auf die Kommunisten stieß er gerne mit Lidia an. Er liebte sie auch deshalb so sehr, weil ihn ein schlechtes Gewissen wegen ihrer Mutter plagte. Er sagte oft auf Polnisch: »Lidka ist mein Äuglein im Kopf«, was er Elsa nur schwer übersetzen konnte, wenn er seine Liebeserklärung auf Deutsch anbrachte: »Ach, das heißt nicht mehr und weniger, dass ich jeden Mann umbringen werde, der meiner Tochter etwas antut, verstehst du?«

»Du begehst eine Dummheit«, sagte Jacek, als die beiden Freunde für einen Augenblick allein am Tisch waren, »wenn du deine Frau nicht nach Venedig holst ... Ich flehe dich an: Bleib hier und sei geduldig! Die Sowjets werden nichts riskieren. Polen ist nicht Ungarn oder die Tschechoslowakei. Und Jaruzelskis und Kiszczaks Militär kann nicht das ganze Volk einsperren oder erschießen. Sie werden für Ordnung sorgen und irgendwann wieder Reisepässe ausstellen. Dann schlägst du zu. Andrzej, hör auf mich! Es ist nicht einfach – für mich war es auch nicht einfach –, sein Land zu verlassen und in die Emigration zu gehen, aber du hast mich ... und keine andere Wahl!«

»Ein Dichter muss in seiner Heimat arbeiten und nicht auf einer Insel der Seligen irgendwo im Ausland. Und du hast gut reden: Ich bin praktisch mittellos. Du schwimmst im Geld.«

»Als ich dich mit dem Wassertaxi vom Flughafen abholte und wir bei strahlender Sonne in den *Canal Grande* einfuhren, sagtest du: ›Hier möchte ich eines Tages leben!‹«

»Meine Ankunft war überwältigend. Das ist wahr. Ich hab mich plötzlich so groß und stark gefühlt – ja, diese Stadt lässt dich wachsen, lässt dich hoffen, dass alles gut wird und dass du dein Ziel und deinen Weg nie mehr aus den Augen verlierst.«

»Du sagst es. Ich habe hier meine wichtigsten Streichquartette geschrieben und erkannt, wie tödlich die Wiederholung für eine strenge Komposition ist. Das verdanke ich der Musik Venedigs: Du hörst sie jeden Tag, jeden Abend und Morgen schleicht sie sich in deine Ohren neu ein: Du hörst, wie das Wasser arbeitet und sich wieder ausruht, wenn es im *Canal Grande* scheinbar still und bewegungslos steht, und du siehst nur noch die zarten Spiegelungen der Palazzi und der Lichter und weißt nicht mehr, wo die Hölle, wo der Himmel ist …«

Andrzej schwieg, zumal Elsa und Lidia zurückgekommen waren – er konnte seinem Freund keine zufriedenstellende Antwort mehr geben. Lidia setzte sich ihm auf den Schoß und sagte: »Onkel Andrzej: Verlass uns nicht!« Sie lachte, aber Andrzej blieb ernst. Aus den Augenwinkeln sah er, dass Elsa ihn aufmerksam musterte. Angestrengt fixierte er Jacek.

»Wenn ich denn wenigstens mit Monika kurz telefonieren könnte – zwei, drei Minuten würden reichen!«, sagte Andrzej auf Polnisch.

»Ich habe mir auch den Finger wundgedreht, als ich dich in deinem Kulturhaus erreichen wollte …«, meinte Jacek. »Aber das ist kein Trost, ich weiß …«

Da sie Polnisch sprachen, wechselte Elsa ins Deutsche und versuchte zum x-ten Mal, ihrem Mann klarzumachen, dass sein Freund tun müsse, was ihm sein Verstand diktiere. Er dürfe sich nicht auf irgendwelche Spekulationen einlassen, da selbst seine Intuition in diesem schwierigen Fall versagen könne; das sogenannte reine Herz begehe manchmal schreckliche Fehler, die sich nicht mehr rückgängig machen ließen.

Aber wenigstens in einem Punkt waren Elsa und Jacek sich einig: dass nämlich in existenziell brenzligen Situationen der klare Verstand entscheiden müsse, was richtig oder falsch sei.

»Sei du selbst!«, sagte Elsa zu ihm.

Andrzej nickte, er verstand die Warnung, denn eigentlich wollte sie ihm sagen: »Tue unserer Lidia nichts Böses an! Und denke an deine Verantwortung als Ehemann und vor allen Dingen Vater.«

»Stünde ich vor einer so schweren Entscheidung wie Andrzej«, sagte Elsa, »würde ich mich auch für die Rückkehr nach Hause entscheiden. Doch ich bin kein guter Ratgeber und keine gute Hexe – ich kann euch nicht einmal erklären, wer die wandernden Spiegel von der Wand genommen und bewegt hat. Und ich kenne euer Land nicht … Ich weiß nur, dass meine Tante Lucyna, nachdem sie ihre Heimat verlassen musste, in der Emigration nicht glücklich wurde; sie hatte solche Sehnsucht nach Warschau und Polen … Diese Sehnsucht hat sie umgebracht … Und vielen polnischen Israelis aus ihrer Generation erging und ergeht es nicht viel anders: Sie werden in ihrem neuen Staat nicht glücklich …«

»Aber du liebst uns Polen, weil du deinen Mann liebst«, wehrte sich Jacek und lachte.

»Du hast recht … Seltsamerweise habe ich mir schon als Mädchen einen polnischen Mann gewünscht … Und mein Traum hat sich schließlich erfüllt, obwohl ich dann schon Mitte dreißig war …«

Lidia saß immer noch bei Onkel Andrzej auf dem Schoß. Er spürte ihren warmen Hintern und ihre Knochen, er roch ihre

Haut und ihr Haar, aber er umarmte sie nicht, obwohl er in Gedanken seine Arme längst um ihre Taille gelegt hatte, wie um einen Boxsack, an den man sich nach dem Training müde klammert. Du bist wunderschön, meine Millionärin, warum bin ich bloß nicht jünger? Warum können wir beide nicht in dieser Stadt bleiben? Ich bin so müde, Lidia, so müde, dachte er.

Die Fenster waren leicht geöffnet, damit der Zigarettenrauch abziehen konnte. Die dunkelbraunen Holzdecken und die weißen Wände des Salons fingen von draußen Schatten ein, Venedig war eine Insel der Leuchttürme und Scheinwerfer, weil das Wasser in den Kanälen das Licht dirigierte und ständig zu neuen Ufern schickte.

»Es wird alles gut«, sagte Lidia. »Du brauchst dich nicht zu sorgen …«

Jacek meinte: »Komm zu deinem Vater, Lidka – lass dich nie mit einem Dichter ein; sie verdienen kein Geld und sehen sich ständig nach neuen Weibern um, diese Hunde …«, scherzte er. »Oder sie hängen an der Flasche … Ich habe schon zwei Freunde verloren … Andrzej kennt sie, diese Trunkenbolde! Wenigstens sind uns ihre Bücher geblieben! Hłasko zum Beispiel: Er hat meinen alten Freund Krzysiu Komeda umgebracht – nach einem Trinkgelage in Los Angeles! Aber Krzysieks Musik zu *Rosemary's Baby*, insbesondere die Ballade *Lullaby*, ist unsterblich!« Dann wandte er sich an seinen Gast aus Polen: »Andrew, du wirst mich doch nicht umbringen, oder?«

Aber Andrzej war nicht nach Scherzen und Lachen. Er hatte sich eben einen Whiskey eingießen lassen – der Wein reichte ihm nicht mehr. Von draußen hörte man Stimmen und Schritte – der *Campo Santa Maria Mater Domini* verstärkte jedes Geräusch und leitete es weiter über die Kanäle zu den Brücken und benachbarten *Campi*, zu seinen Brüdern und Schwestern.

7

Andrzej stand kurz auf und schaltete noch einmal das Tonband ein.

Zum Abschluss ihres Abends und ihrer Gespräche über den Ausnahmezustand in Polen und plötzlich auch in seinem Leben, über das Asyl und die wandernden Spiegel, hatte ihm Jacek Teile der Komposition *Sirius* von Stockhausen vorgeführt, um, wie er sagte, beim letzten Drink auf andere Gedanken zu kommen. Elsa und Lidia waren bei dieser kurzen Vorführung nicht mehr dabei gewesen, sie lagen schon im Bett.

Andrzej wollte die Musik in der Stille von Jaceks Arbeitszimmer noch einen Augenblick lang vor dem Einschlafen für sich allein genießen und sich von den elektronischen Klängen in den Schlaf wiegen lassen. Von einer Reise zu dem Doppelstern Sirius im Großen Hund hatte er schon als Kind geträumt, was er der Lektüre einer SF-Zeitschrift für Jugendliche zu verdanken hatte, und in seinen Träumen fand diese mühselige Reise seltsamerweise in einer Gondel über einen schwarzen Fluss statt: Damals war ihm dieser prophetische Traum vollkommen unverständlich gewesen.

Er hatte sich zum Schlafen auf die lederne Ottomane gelegt, aber der Schlaf wollte nicht kommen. Er hoffte, dass ihm die Musik helfen würde, die Ruhe zu finden, die er so dringend brauchte – er machte sich Vorwürfe, Monika telefonisch nicht erreicht zu haben. Er gab sich dafür die Schuld und nicht den Generälen.

Er dachte: Wie kann es angehen, dass ich ausgerechnet in dieser Stadt gelandet bin, wo man sich vor dem Festland für immer verstecken kann, wie es Jacek tut, der nur noch selten verreist – wie kann es angehen, dass ich hier in Sicherheit bin, die schönste Musik, die es gibt, höre, und die besten Weine trinke, während Monika dort in Kętrzyn, in diesem Kaff ganz in der Nähe der ostpreußischen Wolfsschanze und der sowjetischen Grenze, sehr wahrscheinlich Todesängste ausstehen muss? Was hast du mit mir vor, du Markuslöwe? Konntest du dir nicht ein anderes Opfer, ein anderes Objekt deiner Begierde suchen? Dein Löwengesicht macht mir Angst … Es ist starr und grausam … Und Monika liegt jetzt in unserem Bett, in ihren Armen schläft bestimmt unser kleiner Sohn, während ich hier mit dem Markuslöwen einen aussichtslosen Kampf ausfechten muss …

Seine Gedanken wurden von Minute zu Minute chaotischer und wässriger, sie verschwanden schließlich im schwarzen Tunnel der Nacht, des *Canal Grande*, und er nickte ein.

»Andrzej, Andrzej«, sagte eine Frauenstimme. »Andrzejku, wach auf!«

In Jaceks Arbeitszimmer und Studio war es nie dunkel – man hätte dafür schon die Fensterläden schließen müssen.

Auf dem *Campo Santa Maria Mater Domini* brannte immer irgendwo ein Licht. Er öffnete die Augen und erkannte Lidia, die sich neben ihn gelegt hatte.

»Warum bist du auf? Was suchst du hier bei mir? Gefällt dir das *Mezzanino* nicht? Du kennst doch das Zimmer …«

»Ich kann nicht schlafen – lass mich ein bisschen bei dir sein. Bitte.«

»Wenn du willst …«

»Mir ist kalt.«

»Ich werde dich zudecken.«

»Morgen früh gehen wir zusammen zum Fischmarkt und dann in ein Café an *San Marco*.«

»Wie du willst ...«

»Du warst bestimmt noch nicht in einer Bar an *San Marco*.«

»Nein.«

»Ich werde dir alles zeigen … Hörst du? Du wirst die Welt sehen, die ganze Welt … Ein *Martini* in einer Bar an *San Marco* ist Pflicht! Du liebst doch *Martini*?«

»Ja.«

»Du liebst auch deine Frau sehr, nicht wahr?«

»Ja. Oder sagen wir mal: Ich habe sie einmal sehr geliebt. Aber jetzt geh bitte schlafen … Wenn dein Vater dich hier so sehen würde …«

»Was dann? Ich bin erwachsen. Und du brauchst Hilfe.«

»Lidia – bitte … Geh schlafen …«

»Nein. Noch nicht. Wir werden morgen zum Fischmarkt gehen. Und dann zeige ich dir, wo ich das erste Mal mit einem Mann geschlafen habe.«

Drittes Kapitel

1

Lidia beim Einkaufen auf dem Fischmarkt zu beobachten, in der *Pescheria*, machte ihm große Freude: Sie blieb lange vor den Verkaufsständen stehen und dachte sich jedes Mal neue Gerichte für die nächsten Tage aus. Er trug die Einkaufstaschen, und sie radebrechte Italienisch und bekam trotzdem an jedem Stand ein symbolisches Geschenk – eine Orange oder eine Babyartischocke –, weil sich keiner der Verkäufer und Händler, meistens Männer, ihrem charmanten Lächeln entziehen konnte. Außerdem kannte sie die Verkäufer, sie war in Venedig kein seltener Gast.

»Ich habe solchen Hunger«, klagte sie die ganze Zeit, »schau dir die leuchtenden Tomaten an und die Tintenfische und die Kammmuscheln und die Garnelen – ich verstehe nicht, warum du so still bist und keine Wünsche äußerst!«

»Lidia – wir gehen heute Abend zu Eduardo essen! Wir brauchen nur ein paar Kleinigkeiten für den Mittag!«

»Du willst mir den Spaß verderben …«, wehrte sie sich.

»Du willst mir den Spaß verderben – Eduardo zum Beispiel: Ich verstehe nicht, warum du den *Barone* hasst, diesen liebenswürdigen älteren Herren, der unglücklich ist, weil er als Komponist keinen Erfolg hat – obwohl er zu den Besten zählt – und weil er halb blind ist, was für ihn, den Sohn einer uralten Verlegerfamilie und einen Erotomanen, eine Tragödie bedeutet.«

»Ich hasse ihn nicht – ich hasse sein Geld und seine Frauen, er lässt sich ausnützen. Und er ist ein Snob: Seinen Gästen zeigt er jedes Mal die Erstausgaben von Dantes *Göttlicher Komödie* – das ist so … billig und irgendwie selbstgefällig.«

»Er schmeißt aber sein Geld nicht zum Fenster raus: Er kümmert sich um seine Angestellten und die kleine Gemeinde in Tirol, wo sein Schloss steht. Sein Verantwortungsbewusstsein hat seine Komponistenkarriere zerstört.«

»Jedenfalls würde ich ihn nie heiraten! Seine Millionen möchte ich nicht haben!«

»Du bist neidisch …«

Lidia antwortete ihm nicht mehr, denn eben war in der *Pescheria* eine Freundin aus London aufgekreuzt, die hier in Venedig eine Wohnung hatte und regelmäßig in der Stadt zu Besuch weilte. Sie stellte Andrzej der jungen Frau als ihren polnischen Cousin vor, was die Freundin nicht so recht glauben wollte.

»Lebst du allein? Und wechselst die Männer wie Socken? Und wenn sie dir nicht mehr gefallen, schickst du sie zum Teufel, oder was?«, fragte er, als sie wieder unter vier Augen und Ohren waren und weiter einkauften.

»Das geht dich nichts an. Ich lebe allein. Reicht dir das als Antwort nicht?«

»Ich fühle mich für dich verantwortlich.«

»So ein Blödsinn! Ich könnte deine Frau werden – mein Vater würde sich dann einmal auf die Zunge beißen und die ganze Sache schnell vergessen. Er müsste es akzeptieren. Man kann mich ja nicht wie ein Haustier behandeln ...«

Sie kauften auch beim Fleischer ein und gingen anschließend in eine Bar in der Nähe der *Vaporetto*-Haltestelle am Fischmarkt, wo sie im Stehen einen Espresso tranken und eine Zigarette rauchten.

Andrzej wurde nachdenklich und machte sich schnell ein paar Notizen. Lidia störte ihn nicht dabei.

Der Blick auf den *Campo Erberia* mit seinem Holzsteg und dann auf den *Canal Grande* erinnerte ihn wieder daran, dass hier in der Lagune die Zeit ganz anders verlief als auf dem Festland. Dieser steinerne Fluss, der an manchen Stellen so breit war wie ein richtiger Strom, sorgte in Venedig für das trügerische Gefühl, dass man sich um den Tod keine Gedanken mehr machen müsse. Andrzej dachte zumindest beim Anblick dieses Stromes, er habe bei seiner Ankunft in der Lagune die letzte Grenze überschritten und werde das Totenreich nie mehr verlassen. Auf dem Festland spielten sich Dinge ab, die die Toten nichts mehr angingen. Dort unter den Lebenden herrschte der permanente Ausnahmezustand, und die Generäle wurden schnell ersetzt, sobald man sie besiegt und vertrieben hatte. In den Werkstätten des Stadtteils *Dorsoduro* reparierte man alte Boote und Gondeln und schickte sie wieder ins Rennen, aber in Wahrheit wollten sie niemanden mehr befördern, denn man war ja hier endlich zu Hause angekommen: auf der Insel der Seligen. Und in dem ehemaligen Flottenhafen

Arsenale schliefen die U-Boote und die alten Kriegsschiffe der Dogenrepublik und warteten auch nicht mehr auf ihren Einsatz. Man musste nur die Augen öffnen, und dann begriff man schnell, dass Venedig ein schwimmender Friedhof Europas war, auf dem es sich gut leben ließ. Und was Jacek und Elsa, Toni und selbst der *Barone* Eduardo über die Politik und die Korruption und den Immobilienmarkt erzählten, beeindruckte Andrzej nicht, weil alle diese Dinge im Totenreich keine Rolle mehr spielten. Wer einmal die Freiheit gewählt hatte, konnte sich ein anderes Leben nicht mehr vorstellen, und die Freiheit war das einzige greifbare Elementarteilchen, das hier in Venedig existierte, in dieser sinkenden Stadt.

Er erzählte Lidia, was ihm gerade durch den Kopf ging, und als sie sich mit den Einkäufen auf den Rückweg machten, sagte sie: »Du musst im Sommer hierherkommen – wenn du die Sonne und die Hitze liebst, wirst du in dieser Stadt glücklich werden. Dann ist sie ein Chamäleon und wechselt stündlich ihre Farben, und am Abend verwandelt sich die Lagune in eine Schmiede, und jedes Gebäude am *Canal Grande* glüht und ertrinkt nach dem Sonnenuntergang im Lagunenwasser, sodass du nicht mehr unterscheiden kannst, wo oben und wo unten ist. Dann fängt das goldene Herz der Stadt endlich an zu schlagen!«

2

Nach dem Einkauf auf dem Fischmarkt war ein weiterer Anruf in Polen gescheitert, sodass Andrzejs Stimmung düsterer wurde; die Schwermut und die Verunsicherung darüber, dass er keine Nachrichten aus Polen und von seiner Frau bekam, machten ihm zu schaffen. Er hatte sich im Kiosk sogar eine Zeitung gekauft, um wenigstens auf diese Weise seine Unruhe ein wenig zu bekämpfen – mit Fotos des Generals und ermüdenden Fakten zum Kriegsrecht.

»Ich werde das Mittagessen kochen, und nach dem Essen gehen wir wieder in die Stadt – damit du auf andere Gedanken kommst!«, sagte Lidia. »Ich mag es nicht, wenn du so traurig bist … Ein Spaziergang zum Markusplatz wird dir gut tun!«

Aber Jacek war davon nicht allzu sehr begeistert, dass seine Tochter ihren Krankenschwesterinstinkt wiederentdeckte und ihn ausgerechnet bei Andrzej auszuleben versuchte: »Pass auf mein Mädchen auf!«, sagte er, als die beiden Männer für fünf Minuten allein waren. Und Andrzej wusste, was mit dem »Aufpassen« gemeint war … Jacek hatte ihn leider in einige Geheimnisse seiner Tochter eingeweiht: in die gescheiterte Liebe zu dem englischen Schauspieler, nach der sie, so Jacek, eine Masochistin geworden sei, die den Männern in London buchstäblich nachlaufe, und die meisten seien schreckliche Typen, weil Lidia wieder verletzt und erniedrigt werden wolle.

Nach dem bescheidenen Mittagessen bei Lidias Eltern verließen sie wieder den Palazzo am *Campo Santa Maria Mater Domini* und gingen über die Rialtobrücke in Richtung *San Marco*. Lidia schoss auf der Brücke von ihrem polnischen Cousin, wie sie ihn seit diesem Morgen nannte, ein Foto: für seine Familie zu Hause, für das Fotoalbum. *Ponte di Rialto* war in Wahrheit der ruhigste und zugleich aufregendste Beobachtungsposten in dieser Stadt – man musste sich nur ein wenig Mühe geben, dann fand man ein schönes Plätzchen und konnte sich die Barken und *Vaporetti* anschauen, die unter der Brücke im Schritttempo hindurchfuhren. Das träge Treiben beruhigte die Augen und den Kopf, und man ließ sich in Gedanken fallen und schwebte in dieser Kontemplation über dem steinernen Fluss und konnte jeden Menschen, den man einmal geliebt oder gehasst hatte, aus der Vergangenheit in die Gegenwart zurückholen und mit ihm sogar sprechen.

»Wo gehen wir eigentlich hin?«, fragte Andrzej.

»Lass dich überraschen!«

»Du wolltest mir den Ort zeigen, an dem du das erste Mal von einem Mann geliebt wurdest. Ist das so wichtig für dich?«

»Als Dichter solltest du klüger sein. Du stellst immer so blödsinnige Fragen, die die ganze Atmosphäre zerstören.«

Seine Frage war gar nicht so dumm, wie Lidia sie empfunden hatte. Sie ärgerte ihn. Das Mädchen ärgerte ihn. Lidia, Lidia!

»Gut, Andrzej: Auf dem Rückweg von *San Marco* zeige ich dir das kleine Hotel …«, sagte sie.

Und nun hatte er keine Frage mehr. Er wusste, was damit gemeint war: mit dem kleinen Hotel. Zum Glück erwischten sie für ihren Spaziergang gutes Wetter, es war sonnig und warm, viel wärmer als in Warschau oder Masuren um diese Jahreszeit, und Andrzej stellte zum wiederholten Mal fest, dass er diese durch eine Schlange, den s-förmigen *Canal Grande*, geteilte Stadt wie durch einen Türspalt oder ein Schlüsselloch betrachtete, als wäre er wieder ein kleiner Junge und beobachtete seine Nachbarin heimlich beim Ausziehen. Er begriff allmählich, warum der Maler Toni seine Heimatstadt wie eine Frau liebte.

Auf der *Piazza San Marco* war das *Acqua alta* fast vollständig zurückgegangen. Die aufgestellten Stege für die Touristen baute man aber noch nicht ab, und Lidia lud ihren polnischen Cousin auf einen Drink ein: in das meist überfüllte *Caffè Florian*, wo sich Andrzej allerhöchstens einen *Americano* leisten konnte. Er bekam seinen *Martini Bianco*, und es fiel ihm schwer, in dem gläsernen und vergoldeten Café einen klaren Gedanken zu fassen. Er wollte plötzlich von diesem Ort flüchten, weil er ihm vortäuschte, dass er einen sorglosen und schönen Tag mit Lidia verbrachte, aber das war nicht die Wahrheit. In seinen Gedanken reiste er nämlich zu seiner Frau, und er begrüßte sie in ihrer kleinen Wohnung in der Altstadt von Kętrzyn. Er küsste sie und hielt sie lange in den Armen. Es ist alles gut, hörte er Monikas Stimme. Liebte er sie doch immer noch so wie früher?

»Möchtest du schon gehen?«, fragte Lidia, die sein Schweigen richtig interpretierte. »Mein Vater kümmert sich nicht anständig um dich – warst du denn wenigstens im Dogenpalast oder im Markusdom?«

»Den Markusdom habe ich mir angeschaut, aber ohne Elsa und Jacek, sie haben in einem Café gewartet. Die frühchristlichen Mosaiken, zum Beispiel die jaspisgrünen Steinchen auf dem Boden, sind die reinste esoterische Kunst – seltsamerweise erinnert mich diese Architektur an die Lobgesänge der Hildegard von Bingen. Ich kann sie förmlich hören, wenn ich dort allein auf einer steinernen Bank sitze und mir die Mosaiken und maurischen Fenster anschaue.«

»Wer bin ich für dich?«, fragte Lidia auf einmal. Ihre Frage kam so unerwartet, dass er nur im Affekt antworten konnte.

»Womöglich mein Untergang … Du verführst mich.«

»Ich verführe dich?«

Er sagte nichts.

»Möchtest du mich küssen?«

Er schwieg.

»Noch einmal: Willst du mich küssen?«

»Ich darf nicht.«

Sie trank den letzten Schluck von ihrem *Aperol Sprizz* und sagte: »Du Feigling. Eine solche Gelegenheit wirst du womöglich nie wieder bekommen.«

»Das ist vielleicht auch besser so, Lidia.«

»Nein. Du bist eine Schande für das männliche Geschlecht.«

»Lidia – und du bist die Tochter meines Freundes«, sagte er voller Ernst. »Ich bin außerdem verheiratet, und meine Heimat befindet sich im Ausnahmezustand.«

»Aber ich? Wer bin ich für dich? Kein Ausnahmezustand?«

»Doch. Du verführst mich.«

»Dann lass uns endlich gehen.«

»Wohin?«

»Zu dem Hotel, das ich schon so oft erwähnt habe. Es heißt *Canada.*«

3

»Erzähl mir, wie sehr du mich begehrst ...«, bat ihn Lidia, »und liebst!«

Was sollte er ihr antworten? Er begehrte die Tochter seines besten Freundes, die verfluchte dreizehn Jahre – schon wieder diese unglückselige Zahl! – jünger war als er, und er durfte sie eigentlich nicht begehren und lieben. Er hatte doch in Polen eine Frau und einen Sohn, und auf den Straßen rollten die Panzer, und niemand wusste, was nun kommen würde. Der Bürgerkrieg? Der Einmarsch der Sowjets und der DDR-Truppen? Deutsche und russische Soldatenstiefel wieder in seinem Land? Er musste doch nach Polen zurückfahren und seinen Landsleuten helfen, egal wie: mit seinen Händen, seinen Büchern und Gedichten.

Andrzej schuldete Lidia eine Antwort. Er sagte: »Ich begehre und liebe dich ›im Schwall deines Haars, im dunklen Fluss der Lippen, des Walddickichts wie ein Abend‹ – so sehr begehre ich und liebe ich dich, wie ›das vergebliche Rufen, das vergebliche Plätschern‹ im *Canal Grande.*«

»Das sind nicht deine Worte. Sage es in deiner Sprache!«

»Ich kann nicht. Die Panzer und die Soldaten haben mir gestern morgen meine Sprache genommen. Ich kann nicht mehr sprechen.«

»Aber du sprichst doch mit mir.«

»Das ist was anderes. Es ist Liebe. Liebe kann nicht schweigen.«

»Wer hat die Zeilen geschrieben, die du zitiert hast? Und wie heißt das Gedicht?«

»*Erotikon* von Krzysztof Kamil Baczyński, der im Warschauer Aufstand gefallen ist. Du kennst ihn nicht.«

»Du beleidigst mich, natürlich kenne ich ihn!«

»Du bist eine Millionärin. Du brauchst keine Gedichte.«

»Ich möchte deine Millionärin werden. Ich habe es satt, mich andauernd Männern hinzugeben, die nach einer Nacht aus meinem Leben verschwinden. Ich hab's im letzten Jahr wahrscheinlich ein wenig übertrieben, ich bin in London in meine Lieblingsbar gegangen wie auf die Jagd ...«

»Du wolltest dich an deinem Schauspieler rächen?«

»Vergessen und mich betäuben: Das wollte ich.«

Er schaute in ihre Augen. Sie hatte in Wahrheit blaue Augen – keine dunkelgrünen – und honigfarbenes Haar wie die barocken Ornamente der Gemälde- und Spiegelrahmen an den Wänden im *Caffè Florian*, dem Kapitän-Nemo-Aquarium.

Sie lagen im Bett eines bescheiden eingerichteten und winzigen Hotelzimmers – für Venedigs Verhältnisse war das Hotel *Canada* am *Campo San Lio*, nur wenige Gassengänge von den Einkaufshäusern, Boutiquen und der Rialtobrücke entfernt, sogar schäbig und hässlich. An Land wäre es ein schönes Hotel gewesen, hier aber in der Lagunenstadt musste alles prunkvoll leuchten wie ein im Markusdom aufgebahrter Sarg eines berühmten Dogen.

Lidias Haut roch verführerisch und besaß eine zarte Blässe, die er bei jungen Frauen, aber auch bei älteren liebte. Die Sonne hatte diese verführerische Haut noch nicht ganz erobert, und ihm gefiel, dass er nun Lidias Sonne sein durfte.

»Lass uns nicht über die Zukunft sprechen«, sagte sie. »Wir werden jeden Nachmittag das Hotel besuchen und uns lieben. Jeden Nachmittag um dieselbe Uhrzeit werden wir nach Kanada fliegen.«

»Aber jetzt weiß ich wirklich nicht, ob ich nach Polen zurückkehren soll. Vielleicht hat Jacek recht. Vielleicht muss ich Asyl beantragen.«

»Bitte: Denk nicht an die Zukunft.«

»Und du kannst es dir leisten?«

»Was denn?«

»Das Hotel?«

»Ich bin doch deine Millionärin!«

Er küsste sie wieder, spreizte ihre Beine und küsste ihren Bauch und ihre Yoni. Er musste die ganze Zeit daran denken, dass diese junge Frau allein lebte und dass niemand ihre Schönheit bewunderte und liebte, denn die zufälligen Begegnungen in den Bars von London und die schnellen und kurzen Abenteuer mit Männern, die Lidia am nächsten Tag nicht mehr sehen wollte und von denen sie ihm fast schon beiläufig erzählt hatte, hielt Andrzej für eine Beleidigung dieser Schönheit, die nun ihm gehörte und die er noch ein paar Tage nur für sich haben konnte. Und er musste Lidia besitzen, wenigstens für diese kurze Zeit. Er wollte ihr gleichzeitig helfen, den Teufelskreis, in den sie geraten war, zu verlassen, weil er nicht begriff, warum sie sich so billig und selbstzerstörerisch anbot, ihren Körper irgendwelchen dahergelaufenen Hunden schenkte. Warum dieser Masochismus? Liebte sie den Schauspieler immer noch?

»Ich habe dich vom ersten Augenblick an begehrt«, sagte Andrzej. »Schon auf dem Bahnsteig, als ich dich sah.«

Er küsste sie wieder und drang noch einmal in Lidias Yoni ein, weil es im Moment die einzige Rettung vor den Panzern des Generals war. Wie viele Liebespaare hatten schon das kleine Hotel im Zentrum der Lagunenstadt für sich entdeckt und die Bettlaken mit ihren Körpern und Liebessekreten verunreinigt und bereichert? Und wenn es dazu kam, dachte jeder für sich über seine eigene Außergewöhnlichkeit nach und auch darüber, dass dieser Akt hier und jetzt unwiederholbar war und nur ihnen gehörte, den vor dem Lärm an *San Marco* und in den engen Gassen geflüchteten Liebhabern. Er drang in Lidia immer tiefer ein und sah ihr dabei die ganze Zeit in die Augen, die sie rhythmisch und von Neuem wieder schloss und dann halb öffnete, als wollte sie prüfen, ob er es wirklich war, der sie liebte – und kein anderer Mann.

»Komm mit mir nach London mit«, flüsterte ihm Lidia ins Ohr.

Als sie ruhig und erschöpft nebeneinander lagen, fragte er Lidia: »Warum ausgerechnet dieses Hotel?«

»Mein erster Mann war ein Kanadier. Ich war siebzehn … Und ich habe ihn am Strand vom *Lido* kennengelernt. Er wohnte damals in unserem Hotel.«

»In unserem? Oder in deinem?«

4

Der holzvertäfelte Aufzug des Palazzos des *Barone* Eduardo Tirolo kam Andrzej vor wie ein Relikt aus einem italienischen Film der Fünfzigerjahre. In diesem Aufzug konnten nur drei Personen fahren, und die Technik und die Bedienknöpfe waren uralt, genauso wie die Furnierholzplatten an den Wänden des Fahrstuhls. Das Gleiche betraf den Teppich und den Spiegel, und selbst der in Venedig übliche süßliche Geruch schien aus einer anderen Epoche zu stammen – es roch überall wie in der privaten Konditorei, die Andrzej in seiner Kindheit in Kętrzyn gern besucht hatte, um ein paar frische Berliner zu kaufen.

Zusammen mit Lidia und Elsa fuhr er hoch zum letzten Stockwerk, dem fünften des Palazzos, der zwar in der Nähe von Jaceks und Elsas Domizil stand, sich aber vor den Kanälen und belebten Gassen versteckte, und man konnte ihn nicht entdecken, wenn man in dieser Gegend nicht wohnte oder sich nicht auskannte.

Elsa ließ sich nichts anmerken, während Jacek seine Tochter immer wieder fragte, wo sie denn gewesen sei und was sie in den vielen Stunden ihres opulenten Ausflugs unternommen habe – er fragte kein einziges Mal nach Andrzej, der sich dachte: Siehst du, vielleicht ist das die Strafe für deine stürmische Liebe zu Monika, und diese deine aussichtslose Liebe hat mich damals fast in den Wahnsinn getrieben. Jacek tat ihm ein wenig leid.

Der *Barone* Eduardo empfing seine Gäste gleich am Fahrstuhl, wobei sein Butler, ein kleiner dunkelhäutiger, uniformierter Mann mit schwarzem und schulterlangem Haar, bereits hochgerüstet neben seinem Herrn stand – hochgerüstet, weil er in weißen Handschuhen ein Silbertablett mit dem Aperitif vor seiner Brust hielt. Andrzej fand, dass Lidia nicht übertrieben hatte: Der Anden-Indianer aus Bolivien sah in seiner Butleruniform in der Tat ziemlich unbeholfen aus.

Die Begrüßung war wie immer herzlich und kurz, zumal der *Barone* als ein ungeduldiger Mann galt. Er mochte auch keine Sonnenbrillen tragen, und als Außenstehender musste man sich erst einmal an den leeren Blick des *Barone* gewöhnen, mit dem er stets einen einzigen Punkt zu fixieren schien, der meist irgendwo in der Luft schwebte. Ein Gespräch mit Eduardo war deshalb immer schwierig, weil man als sein Gegenüber nie wusste, ob der *Barone* die Unterhaltung genoss oder eher verstört war. Lidia irrte in einem Punkt: Eduardo mochte nicht so bekannt und erfolgreich sein wie sein Freund Jacek Maj, aber als Mitbegründer der sogenannten *New Venice School* war er ein guter, viel gefragter Musiklehrer, und in bestimmten Kreisen Italiens und des restlichen Europa genossen seine klassisch anmutenden Kompositionen hohes Ansehen. Er stammte aus einer uralten Patrizierfamilie, die mit verlegerischen Geschäften Fortune gehabt hatte. Seine Bibliothek war nicht nur beeindruckend – er besaß Originalausgaben von Werken, die seine Familie veröffentlicht hatte, und zu diesem publizierten Œuvre zählte nicht nur Dante. Das Verlagshaus gab es schon lange nicht mehr, doch was es gab, waren die Schätze in den Bücherregalen. Sie waren so wertvoll, dass der *Barone* immer wieder neue Angebote von potenziellen Käufern aus der ganzen Welt bekam, und die Summen lagen alle im mehrstelligen Bereich.

Im fünften Stockwerk lebte Eduardo wie in einem exklusiven Hotel, und der Ausblick auf Venedig glich demjenigen aus einem Wolkenkratzer – zumindest für die hiesigen Verhältnisse: Man schwebte über der Stadt und konnte sogar den Markusturm und die Einmündung des *Canal Grande* sehen. Eduardo liebte die Frauen und Elsa und Lidia ganz besonders. Er bewunderte die Fotoarbeiten von Lidias Stiefmutter, auch deswegen, weil sie Martin Heidegger porträtiert hatte, den der *Barone* neben Platon für den wichtigsten Philosophen des Abendlands hielt. Andrzej hatte mit Eduardo bei seinem ersten Besuch ein beglückendes Gespräch über Heidegger geführt, denn sein Gastgeber kannte das Werk des Schwarzwälders so profund, dass man ständig neue Aspekte seiner Philosophie ans Tageslicht befördern konnte, und zwar in einem gemeinsamen erquicklichen Durchritt. Und trotzdem hatte sich Andrzej in einem Punkt zurückgehalten: Es fiel kein Wort über den Nationalsozialismus, es fiel kein Wort über die deutschen einsamen Wölfe, die in den Wald gehen und über die Außergewöhnlichkeit ihres Schicksals nachdenken – in ihrem ewigen Germanozentrismus: wir und der Rest der Welt. Aber vielleicht musste man Deutscher sein, um diesen dunklen tiefen Waldgang zu begreifen – das konnte Andrzej nicht einschätzen.

Als Jacek endlich eingetroffen war, bat der *Barone* seine Gäste an den barock gedeckten Tisch, und der Butler verzog sich in die Küche, aus der dann klirrende Geräusche zu hören waren: von Tellern, Gläsern, Töpfen und Pfannen. Der Gastgeber sprach mehrere Sprachen, er las seine Bücher auf Italienisch und auch auf Deutsch, die Unterhaltung führte er aber am liebsten in Englisch. Er kam immer gleich zur Sache, deshalb fragte er Andrzej, wer den Lauf der Geschichte bestimme: Ein einzelnes starkes Individuum oder die Masse? Dem *Barone* zu antworten, fiel Andrzej schwer, weil er an seinen Fingern noch den wunderbaren Geruch von Lidias Haut spürte. Das Mädchen hatte sich in seiner Nase eingenistet und wollte ihn gar nicht mehr loslassen.

Und so fiel Andrzejs Antwort bescheiden aus. Er sagte, dass ein Individuum über eine ungeheure Macht verfügen könne, dass aber, wenn diese Macht überstrapaziert sei und andere Individuen unterjocht würden, dann die Massen an der Reihe seien, auf die Straße zu gehen, zu kämpfen und zu streiken, wie das nun in der Volksrepublik Polen schon oft geschehen sei und jetzt wieder geschehen werde – die soziologische Betrachtung, meinte Andrzej zum Schluss, sei jedoch nicht so interessant wie die ontologische Perspektive. Aus philosophischer Sicht sehe nämlich das Problem ganz anders aus, denn das Individuum sei ein Sklave des Kosmos und könne gegen die Unterjochung durch die Materie wenig unternehmen. Es brauche also eine Erlösung, und diese zu finden, sei das Schwierigste überhaupt, weil an der Suche nach Unsterblichkeit jeder zu Grunde gehen könne, was am besten an der Gestalt Jesu und seinem Leidensweg zu sehen sei.

Mit seiner Antwort konnte Andrzej dem *Barone* ein Lächeln abgewinnen, Eduardo schien zufrieden zu sein – er hasste belanglose Gespräche am Tisch, sie machten ihm sofort schlechte Laune. Eduardo sagte aber: »Doch zur Zeit entscheidet in Ihrem Land ein einziges Individuum über das Schicksal von Millionen – wie ein Diktator. Er kann Tausende von Menschen vernichten, auch deren Kinder. Und Jesus war nicht der Einzige, der auf Erden so kläglich scheiterte: Es gab noch andere – denken Sie nur an Gilgamesch …«

Nach der Vorspeise servierte der Butler Hähnchen in Weißwein und Pilzrisotto. Als er zu Lidia kam, um ihren Teller zu füllen, passierte ein Unglück: Das zarte Hähnchenfleisch landete auf ihrem Schoß. Der Anden-Indianer entschuldigte sich und hob mit seiner Rechten, die in einem weißen Handschuh steckte, das Stück Fleisch auf und wischte mit einem Geschirrtuch, das er an seinem linken Unterarm getragen hatte, an Lidias Rock hin und her, was die ganze Sache nur verschlimmerte: Die Flecken wurden noch größer. Der *Barone* schenkte dem Geschehen keine Aufmerksamkeit, und Lidia versuchte, den Butler zu beruhigen und freundlich zu vertreiben.

Elsa reagierte auf den unbedeutenden Unfall am Tisch nervös und begann, den *Barone* in ein Gespräch über die wandernden Spiegel zu verwickeln, der aber gegen solche esoterischen Hokuspokusgeschichten eine Allergie zu haben schien.

»Nichts passiert von alleine, es gibt eine Ursache, und ihr folgt die Wirkung – so auch in meiner Einsamkeit, die ich meinem Lebensstil zu verdanken habe.«

»Eduardo, ich wünsche dir schon seit Jahren die Begegnung mit der Liebe deines Lebens«, sagte Elsa. »Das weißt du doch.«

»Verehrteste – ich danke dir!«

Jacek sagte: »Schade, dass meine Tochter so jung ist – sie liebt dich!«

Der Sarkasmus in diesem Satz blieb Lidia nicht unbemerkt, und sie entgegnete ihrem Vater: »Aber ich liebe Eduardo wie meinen Onkel aus Warschau – und ich bin keine dumme Schmarotzerin …«

Der *Barone* brach in Gelächter aus, und Andrzej sah ihn zum ersten Mal vergnügt lachen: Sein schmaler Mund zitterte kurz, dann schloss er sich wieder, und der Blick fixierte erneut den unsichtbaren Punkt in der Luft. Eduardo hatte, wie Elsa wusste, einen speziellen Umgang mit Frauen – er liebte nicht nur junge Damen, er lobte auch die Qualitäten der Reife und des Alters, verwöhnte seine Eroberungen und nahm sie mit auf ausgedehnte Reisen. Aber die Frauen waren hinter seinem Geld her, und sie merkten schnell, dass sie die Rolle einer Krankenschwester übernehmen mussten. Die Konkurrenz mit dem Butler aus den bolivianischen Anden trieb sie bald in die Flucht.

Nach dem Essen wechselten Eduardo und seine Gäste den Raum und nahmen einen Drink in der Bibliothek. Andrzej hatte bis jetzt die meiste Zeit geschwiegen, aber bei einem Glas Whiskey lockerten sich seine Gedanken, und er fand den Mut, Eduardo eine Frage zu stellen, die ihn schon den ganzen Abend bedrängte. Er formulierte sie auf Deutsch:

»Eduardo – was Sie denken davon: Soll ich verlassen Vaterland und ein neu Leben anfangen in *Wenecja*?« Er hatte den Satz recht gut formuliert und freute sich über das leise Lob von Elsa, die den rechten Daumen kurz hervorstreckte, was der *Barone* nicht bemerkte – zumindest tat er so, als hätte er nichts gemerkt ... Er rauchte genüsslich eine Zigarre und nippte an seinem Whiskey. Und er antwortete wie üblich auf Englisch: »Wissen Sie, ein Dichter muss in seiner Muttersprache leben. Wenn Sie Ihre Sprache verlassen, werden Sie leiden und den Geruch der gebratenen Hechte und der blühenden Seen in Ihrer Heimat schrecklich vermissen. Aber vor allem werden Sie Ihre Sprache vermissen, und das ist für Ihre Dichtung tödlich.«

Nach seiner unmissverständlichen Antwort wurde es still in der Bibliothek, der Anden-Indianer servierte einen neuen Drink, und Andrzej wollte sich gerade bedanken, indem er sagte, dass er mit dieser nüchternen Reaktion gerechnet habe, doch der *Barone* fiel ihm ins Wort: »... ja, Sie wissen natürlich, was zu tun ist. Und trotzdem werden Sie sich weiterhin die Haare raufen und sich hin und her wälzen wie ein verwundetes wildes Tier. Ich mag ja von Osteuropa wenig verstehen, aber im Besitz unserer Familie befindet sich eine besondere Rarität, ein Buch, dessen Titel auch Sie nachdenklich stimmen sollte: *Istoria delle turbolenze della Polonia*. Es stammt aus der Feder Giacomo Casanovas, meines Lieblingsdichters im Übrigen, und wurde bereits 1774 veröffentlicht. Ich besitze ein prächtiges Exemplar dieses Werkes, das müssen Sie sich anschauen! Sie sind der richtige Mann für solch eine Extravaganz, die sich nur Casanova leisten konnte, ein Freigeist. Pardon: Lesen Sie Italienisch?«

Er wartete Andrzejs Antwort nicht ab, klatschte drei Mal in die Hände, und das kalte Geräusch rief sofort den Butler wieder auf den Plan, dem der *Barone* seine Bestellung aufgab.

Viertes Kapitel

1

Nachts schlich Lidia sich wieder in das Studio ihres Vaters ein, um Andrzej endlich unter vier Augen zu treffen. Er musste es zugeben: Er hatte auf sie gewartet. Und konnte deswegen nicht schlafen. Hatten denn die anderen gemerkt, dass sein Blick den ganzen Abend lang auf der Suche nach Lidia gewesen war, auch noch nach dem Besuch bei Eduardo, als sie im Salon einen letzten Drink genommen hatten? Dass er immer wieder nach den berühmten fünf Minuten Ausschau gehalten hatte, um mit ihr endlich allein zu sein, wenn auch nur kurz? Jacek musste es gemerkt haben, er kannte doch die Spielregeln, die Gestik, die nervösen Blicke, das Versteckspiel, die Zerstreutheit, die Art, wie einer die Zigarette rauchte und guckte – es gab so viele Vorzeichen, die eines Mannes Absichten verrieten … Die seinen Wahnsinn verrieten, weil er begehrte und liebte.

Andrzej hatte die Fensterläden wieder offen gelassen, damit die Schatten an den meterhohen Wänden und an der Balkendecke in dieser Nacht eine neue Venediggeschichte erzählten. Der *Campo* war still, selten hörte man laute vergnügte Stimmen, und wenn man auf dem Terrazzoboden barfuß unterwegs war und sich leise verhielt, kriegten die Mitbewohner davon nichts mit, und alle Türen schlossen leise und quietschten nicht, sodass man unmöglich hören konnte, wie Lidia zu ihm hereingekommen war. Schweigend schlüpfte sie unter seine Bettdecke und schmiegte sich an seinen Körper. Er umarmte und küsste sie, Lidia trug ein Nachthemd – sie zitterte vor Kälte. Nachts war es im Palazzo oft kalt und frisch, obwohl die Heizkörper aufgedreht waren.

»Heute hörst du keine Musik? Keinen Stockhausen und nicht einmal die Streichquartette meines Vaters?«, flüsterte sie, nachdem sie Andrzej geküsst hatte.

»Du darfst nicht hier sein, meine Millionärin, du musst in dein Zimmer zurück.«

»Du hast gewartet?«

»Ja. Ich habe gewartet. Auf Kanada und dich. Auf den morgigen Tag und auf den Markuslöwen, der mit mir kämpfen will.«

»Warum will er mit dir kämpfen?«

»Weil ich dich begehre und weil wir uns im Ausnahmezustand befinden. Es ist Liebe im Kriegsrecht.«

»Aber der Markuslöwe will uns doch beschützen. Er beschützt jeden Venezianer. Und du bist ein Venezianer geworden. Du wirst nie mehr dasselbe Leben führen können. Die Freiheit der Dogenrepublik ist dir zu Kopf gestiegen – du hasst den Belagerungszustand, der an Land herrscht.«

»Lidia, *Lido*, Lidka …«, sagte er.

»Lidzia«, unterbrach sie ihn und kicherte. »Wir werden morgen zu mir nach Hause fahren: zum *Lido*, zu meinem Badestrand. Du hast recht. Gleich nach dem Frühstück hauen wir wieder ab.«

»Ja. Das werden wir tun. Aber bitte: Geh jetzt! Wir müssen vorsichtig sein.«

»Wenn du mit mir schläfst: An was oder an wen denkst du dann?«

»Du redest so, als wären wir schon seit einer Ewigkeit ein Liebespaar.«

»Ich habe dich schon immer bewundert. Das weißt du nur nicht. Du hast mir einmal ein Gedicht gewidmet: *An die dreizehnjährige Lidzia.* Erinnerst du dich nicht mehr?«

»Ich erinnere mich.«

»Aber an wen denkst du, wenn du mich liebst?«

»Ich weiß, was du hören willst. Dass ich an deinen Vater denke.«

»Ist es nicht so?«

»Nein. Ich denke an die Millionen, die du besitzt, obwohl du sie noch nicht hast. Ich denke an deinen wunderbaren Reichtum, der niemals zerstört werden darf. Niemals.«

»Ich will nicht zu meinem Bett zurück. Das *Mezzanino* ist furchtbar kalt. Ich spüre die feuchte Kälte des Kanalwassers in meinen Füßen und Fingern. Sie sind ganz erfroren.«

»Lügnerin!«

»Darf ich bei dir bleiben und schlafen?«

»Aber am frühen Morgen musst du verschwinden …«

2

Es war ein sonniger Dienstagmorgen, der aber die Kälte der Nacht gespeichert hatte – und schon der dritte Morgen mit

Lidia; Andrzej begann, die mit ihr verbrachten Tage und Stunden zu zählen, die Sehnsucht diktierte ihm, was zu tun war. An *San Tomà,* der auf Pontons schwimmenden Haltestelle, stiegen sie beide in den Wasserbus 1 und fuhren den steinernen Strom aufwärts – ihr Ziel war der *Lido.* Für den Winter eine ungewöhnliche Fahrt, fand Lidia, die diese Strecke auf dem *Canal Grande* und dann durch die Lagune zu ihrem Badestrand liebte und die es in der Julihitze kaum erwarten konnte, das Schiff zu verlassen und in die adriatischen Meeresfluten zu springen.

Andrzej mochte Lidias Liebeserklärung an den *Lido,* er fühlte sich jedoch wie ihr Schüler, nein, er kam sich vor, als wäre er ein Gnom, ein dummer Zwerg und Diener einer Domina, weil er so wenig über die Bewohner Venedigs wusste, so gut wie niemanden hier kannte, während ihm Lidia auf der Fahrt zum *Lido* von Bekannten und Freunden ihres Vaters und ihrer Stiefmutter erzählte, von ihnen und ihren Palazzi am *Canal Grande.* Sie erzählte zum Beispiel von Luciano da Meglio, dessen Familie schon seit Hunderten von Jahren in Venedig lebe und hier am Kanal zu Hause sei – die Fassade ihres im 13. Jahrhundert erbauten Palastes *Ca' da Meglio* kenne doch jeder; sie schwärmte von Tante Peggy, die vor zwei Jahren leider verstorben sei, doch ihre private Galerie, das neue Museum, müsse Andrzej unbedingt besuchen – das Pantheon mit den Gemälden ihrer Liebhaber und Zöglinge, kicherte Lidia; und in *Dorsoduro* wohne Gaston Salvatore, der in der Nähe des Zollhauses sein Domizil habe. Sie zeigte mit dem Kinn und der rechten Hand auf die Palazzi und nannte die Namen der Bewohner oder Besitzer – sie übersah gleichzeitig das Wichtigste, was für Andrzej den Reiz dieser Strecke ausmachte: An der Spitze von *Dorsoduro*, wo der *Canal Grande* endete und die Weiten der Lagune zum Vorschein kamen, stand das Zollhaus *Dogana da Mar*, dessen Turm eine ehrenvolle Aufgabe bewältigen musste; er trug zwei Atlanten, und die beiden Riesen schleppten die Erdkugel, auf der leichtfüßig eine nackte mollige Dame hüpfte – die Fortuna. Die Atlanten wirkten aus der Ferne, als wollten sie ins Wasser springen und in Richtung *Lido* schwimmen, um sich endlich von ihrer schweren Last zu befreien und am Badestrand zu erholen. Die Riesen schienen im Duett zu schreien: »Planet Erde! Wir werfen dich jetzt aus deiner Bahn! Sieh zu, wie du allein klarkommst: in den dunklen Weiten unserer Galaxis!«

Die nächsten beliebten *Vaporetto*-Haltestellen nach der *Accademia* waren *San Marco* und etwa eine Viertelstunde später die *Giardini*, die Gärten, wo man endlich Erde unter den Füßen hatte, Bäume satt, und von wo man endlich in den kalten Winter- und Meereswind der Lagune geriet und einen weiten Ausblick auf die Nehrung hatte: auf den beschützenden Arm, der die Adria zu zähmen versuchte. Es grenzte für Andrzej jedes Mal, wenn er mit dem Wasserbus unterwegs war, an ein Wunder, dass der Verkehr im *Canal Grande* einigermaßen reibungslos vonstatten ging und es nicht täglich zu Zusammenstößen mit den Gondeln und Wassertaxis kam.

Als sie im *Vaporetto*-Hafen des *Lido* ankamen und an Land gingen, lud ihn Lidia zum zweiten Frühstück in ein Hafencafé ein, das die besten *Tramezzini* Venedigs hätte. Lidia zahlte das Hotel *Canada,* Lidia zahlte die Fahrkarten für den Wasserbus, sie war seine Millionärin, sie sagte, sie habe von der BBC einen kleinen Vorschuss für ihren Film bekommen, den sie über den Komponisten Jacek Maj drehen wolle, und er müsse sich ums Geld keine Sorgen machen.

Sie aßen die fetten *Tramezzini*, belegt mit Thunfisch, belegt mit Pilzen, mit Artischocken und Schinken, tranken Kaffee und umarmten sich immer wieder. Sie fühlten sich unbeobachtet, und wer konnte sie schon hier auf dem *Lido* stören, zufällig treffen und später Lidias Eltern einen Bericht erstatten? Andrzej war es allmählich schnurzpiepegal, ob man sie entdeckte oder nicht. Lidia hatte recht, ihr Vater zerbrach sich unnötig den Kopf, was die Ausflüge seiner Tochter anging. Jacek musste so oder so arbeiten, und niemand mehr konnte den Lauf der Dinge ändern, die Telefonnummern in Polen waren unerreichbar. Andrzej hatte nämlich versucht, auch im Kulturhaus in Kętrzyn anzurufen, ihm blieben womöglich nur noch wenige Tage mit Lidia und heute die wenigen Stunden mit ihr am *Lido*. So funktionierte also die Republik der Liebe: Sie war von kurzer Dauer, und forderte viele Opfer, aber dafür konnten die Liebenden ihre Freiheit vollends ausleben.

Nach der Stärkung im Hafencafé – einer klaren Kampfansage an den Wind, der vom offenen Meer herüberwehte –, gingen sie in Eile los, weil Lidia es kaum abwarten konnte, ihm den Badestrand zu zeigen. Die Insel – für Andrzej war der *Lido* eine – gehörte wieder zum Territorium des heutigen

Italien, zumindest was die Architektur anging, denn neben den bombastischen, um die Jahrhundertwende gebauten Villen und den ehrwürdigen Hotels wie zum Beispiel dem *Des Bains* oder dem *Excelsior* gab es überall moderne Häuser zu sehen, die das von den Palazzi und Kirchen am steinernen Strom verwöhnte Auge des Betrachters erheblich störten. Und Autos und Straßen – die gab es hier auch, sodass man wie aus einem Traum erwacht zu sein schien. Da änderten die schönen Palmen und Zedern, in denen sich die Zikaden im Sommer versteckten und vergnügten – so Lidia –, nichts daran, dass die Nehrung ein abtrünniges Land war, auf das Venedig herablassend blicken konnte. Die Glasinsel *Murano* oder der schwimmende Friedhof *San Michele* waren im Vergleich zum *Lido* zwei verlorene Söhne, während auf der Nehrung der Traum von Freiheit und Unabhängigkeit, von Schönheit und Unsterblichkeit ein Ende fand. Für Lidia natürlich nicht, dafür waren ihr die Erinnerungen an die Sommer viel zu teuer, viel zu intensiv. Sie liebte wahrscheinlich ihre Ausflüge und Sommerferien in Masuren und in Sopot so sehr, dass sie das alte Gefühl aus der Kindheit in die Gegenwart hatte retten müssen. Sie suchte am Badestrand vom *Lido* die kleine Lidzia aus dem Gedicht von Andrzej …

Sie gingen entlang der Hauptstraße mit den Boutiquen, Cafés, *Alimentari* und Pensionen, der *Gran Viale Santa Maria Elisabetta*, die vom *Vaporetto*-Hafen aus zum gegenüberliegenden Ufer mit den Badestränden und Hotels, unter anderem dem *Des Bains*, führte. Sie hielten sich an den Händen und mussten ihre Kapuzen aufsetzen und sich die

Schals umwickeln, auch wenn es Andrzej albern vorkam, in dieser mediterranen Umgebung mitten im Winter als frisch verliebter Junge zu flanieren, so zu tun, als wäre er wieder dreiundzwanzig und nicht älter; so zu tun, als herrschte in seiner Heimat Frieden und als hätte er Lidia vor Kurzem kennengelernt.

»Du kanntest meine Mutter besser als ich«, begann seine Millionärin. »Wie war sie?«

»Schön, kompromisslos und eine ausgezeichnete Pianistin«, antwortete er.

»Das ist mir nicht neu.«

»Sie hatte – ich drücke es vorsichtig aus – ein wenig Pech, was ihre Karriere angeht. Sie stand im Schatten deines Vaters …«

»Er hatte einen guten Mentor. Sie nicht.«

»Hatte? Penderecki ist bis heute sein Meister. Ein wahrer Künstler muss irgendwann seinen Meister töten. Ich weiß nicht, ob es Jacek jemals schaffen wird. Er ist kein guter Mörder …«

»Und du? Hast du auch einen Meister?«

»Ja, er heißt Lidzia!«

»Lügner! Außerdem willst du mich doch nicht umbringen«, lachte sie. »Eine andere Frage, etwas nie Ausgesprochenes betreffend: Stimmt es, dass mein Vater sie nie geliebt hat?«

»Wen denn?«

»Na meine Mutter …«

Andrzej blieb stehen: Sollte er das Tor zur Hölle öffnen und die Wahrheit sagen? Er konnte Lidia doch nicht belügen, durfte ihr nicht wehtun. Er hatte in seinem Kopf schon eine diplomatische Antwort zusammengeschustert, doch Lidia kam ihm zuvor: »Du musst dir noch eine Frage gefallen lassen: Hatte mein Vater ein Verhältnis mit deiner Monika?«

»Worauf willst du hinaus?«

Sie standen vor dem Zebrastreifen eines Verkehrskreises, aber die Autos hielten nicht, sondern fuhren an ihnen vorbei, genauso wie der Linienbus nach *Pellestrina*.

»Ich habe sie einmal in einer eindeutigen Situation gesehen, als ich acht oder vielleicht schon zehn Jahre alt war.«

»Das glaube ich nicht.«

»Ich kenne doch meinen Vater, den Charmeur. Elsa hat ihn endlich zur Vernunft gebracht. Er hat bei ihr ein Liebeszuhause gefunden – die endlosen Tourneen sind passé und damit auch die zufälligen Begegnungen mit Frauen.«

»Du magst Elsa?«

»Und du hast meine Fragen nicht beantwortet«, meinte sie und ging über den Zebrastreifen; er folgte ihr, während sie fortfuhr: »Elsa hat mir zwei neue Sprachen geschenkt, wofür ich ihr sehr dankbar bin. Sie hat Jacek geerdet, und sie ist meine Freundin und hat nie eine Ersatzmutter gespielt. Außerdem raucht sie mit mir ab und zu einen Joint …«

»Das ist ein Argument«, unterbrach er Lidia.

» … und ich kenne keine bessere Fotografin. Und Porträtistin. Ich wohne in ihrem Londoner Haus im ersten Stockwerk und muss Elsa dafür nichts zahlen. Das Erdgeschoss und die zweite Etage sind vermietet, aber ich bin ein guter Hausmeister und Hausverwalter!«

»Und wie haben sich die beiden kennengelernt?«

»Elsa und Jacek? Nach einem Konzert in London, bei dem Jacek seine Streichquartette vorgestellt hat ... Auf einem Empfang wurde mein Vater gefeiert, und Elsa tauchte mit ihrer Freundin auf der Party auf. Wir lebten schon seit drei Monaten in Frankfurt am Main, wo Jacek mit amerikanischen Jazzmusikern auftrat und für das Theater der Amis komponierte. Der Rest ist Geschichte: Sie haben geheiratet, und Elsa kam für fünf Jahre nach Frankfurt zurück, in die Stadt ihrer Kindheit.«

»Merkwürdig ...«

»Was ist merkwürdig?«

»Ich weiß so wenig über Jaceks neues Leben in der Emigration ... Er erzählt mir nur sparsam von diesen ersten Tagen im gelobten Land, als hätte er etwas zu verbergen ...«

»Am Anfang war es wegen der Einsamkeit sehr schwer für ihn, obwohl er schon überall in Europa Freunde und Liebhaber seiner Musik hatte. Und dann verdiente er plötzlich sehr viel Geld – und gab sehr viel aus. Frankfurt wurde ihm bald zu klein, und deswegen gingen wir nach London, was das Logischste war: künstlerisch, finanziell und wegen des wunderschönen Hauses von Elsa. Dann brauchten die beiden Hippies wieder einen Tapetenwechsel und landeten in *Venice* ...«

»Ihr redet im Westen ständig vom ›Haben und Nichthaben‹, meine Millionärin«, sagte er etwas traurig.

»Jetzt aber lassen wir meinen Badestrand reden«, konterte Lidia.

Sie erklärte ihm ihre sommerlichen Rituale am *Lido*, sozusagen ihr System. Sie hielt ihm einen Vortrag, den sie beide genossen.

Man brauchte einen Sonnenschirm, eine Liege und eine Umkleidekabine, und niemand legte sich einfach so auf den Sand, denn die Hitze war unerträglich, man hielt sie nicht lange aus und musste ständig ins Wasser springen, und Lidia trank zwei kalte Drinks, cremte sich andauernd ein, versteckte immer wieder ihre blasse Haut im Schatten des Sonnenschirms und ging nach dem Schwimmen duschen, und wenn sie besonders gut betucht war, besuchte sie den öffentlichen Strand, an dem die Preise am niedrigsten waren, erst gar nicht, sondern eilte gleich zu den Gästen eines der exklusiven Hotels, die eigene Badestrände unterhielten, wo man sich dann im Luxus dem Sonnen- und Meerbad widmen konnte: mit weißen Handtüchern unterm Rücken, mit eigenem Umkleidehäuschen und einem teuren Drink, serviert von einem freundlichen Kellner.

Das Meer spülte Plastikabfälle, welche die Schiffe ausspuckten, ans öffentliche Badeufer. Die Kioske und Cafeterien waren geschlossen, die monströse Brücke, die von den Cafés im ersten Stockwerk zum Strand führte, und der Turm mit der Wendeltreppe aus Holz und Eisen sowie das Gebäude mit den Schnellrestaurants erinnerten Andrzej an die sozialistische Bauweise und Ästhetik, nur dass die ganze Anlage gepflegter und bunter aussah als ihr kommunistisches Pendant. Der Faschimus hatte auch hier seine architektonischen Spuren hinterlassen, und Andrzej war am meisten darauf gespannt, was sich der Venezianer Ezra Pound auf dem schwimmenden Friedhof *San Michele* für seine Grabstätte hatte einfallen lassen. Er wollte den Dichter dort auf der venezianischen Insel der Seligen besuchen und ihm die Ehre erweisen, die er verdient hatte – nicht nur wegen seiner Gesänge, sondern auch wegen seiner Ausdauer und Stärke, die ihm, dem amerikanischen Staatsfeind, ermöglicht hatte, die Gefangenschaft in einem eisernen Gorillakäfig der US-Army in einem Straflager bei Pisa unter ständiger Bewachung und Beleuchtung zu überleben. Dass er Mussolini und der faschistischen Ökonomie blind vertraut hatte, musste ihm verziehen werden: Schließlich hatten Winston Churchill und Mahatma Gandhi zu Anfang ebenso um die Gunst des späteren Diktators gebuhlt und dessen Vision von einer gerechten Volkswirtschaft bewundert.

Andrzej erzählte Lidia von Pound: »Alle sind vor ihm geflohen, aber *Old Hem* und T. S. Eliot haben ihren alten Kumpel aus Paris nicht im Stich gelassen, wofür ich sie verehre. Ohne ihre Hilfe wäre er als ein armer Irrer in seiner Gefangenschaft verreckt … Und jetzt stell dir vor: Ein Säufer und ein Antisemit, aber zwei Genies und Meister ihres Genres, befreien einen Faschisten, der auch ein Genie ist. Verstehst du?«

»Und wer bist du?«

»Du weißt am besten, wer ich bin, Lidia.«

»Ein Antikommunist. Du hättest Pound auch besucht und ihn unterstützt, ich weiß es!«

Sie unterhielten sich noch eine Weile über das Kriegsrecht in Polen und machten einen Spaziergang entlang des Badestrands, der sich vom Deich aus im Norden kilometerweit bis nach *Pellestrina* zog, und sie passierten unter anderem den Strandabschnitt des *Grand Hotel des Bains*: Von Weitem schon sah man seine riesige Uhr, die dem Allsehenden Auge ähnelte und hoch am *Lido*-Himmel prangte. Und Andrzej musste vor diesem Auge der Vorsehung plötzlich an Tadzio denken und daran, dass er jeden, der ihm früher einmal gesagt hätte, er würde eines Tages an Tadzios Strand mit der hübschen Tochter seines Freundes Jacek über das Kriegsrecht in Polen sprechen und mit ihr anschließend in ein Hotel gehen, ausgelacht hätte. Aber so war es nun wirklich. Andrzej liebte Lidia sogar, und jetzt fühlte er sich von dem polnischen Jungen, dem Schönling aus dem Strandkorb, verfolgt und sah ihn im heißen Sand des *Lido* Purzelbäume schlagen: Tadzio musste für den deutschen Komponisten ununterbrochen den unschuldigen Jungen aus einem slawischen Land spielen, das von der politischen Karte Europas verschwunden war.

Andrzej teilte Lidia seine Überlegungen mit und sagte zum Schluss: »Aber für seine slawische Unschuld sollte unser Tadzio einen bitteren Preis bezahlen – als Soldat des 1. September 1939 oder im Bombenhagel über Warschau, und wenn er die ersten Monate des Krieges überlebt hatte, so kam er in einem KZ oder spätestens im Warschauer Aufstand um …«

»Du übertreibst: Die Geschichte des deutschen Komponisten ist eine tragische Oper über einen Melancholiker, nichts weiter«, meinte Lidia.

Er fragte: »Und was ist mit meiner Oper? Mit meinem Ausnahmezustand? Was würdest du an meiner Stelle tun? Am 21. Dezember läuft mein Visum ab …«

»Ich habe keine Ehefrau und keinen Sohn – und ich lebe in London und besitze einen deutschen Reisepass und darf in England wohnen und arbeiten.«

»Eine schöne Antwort. Ich kann mit ihr nichts anfangen.«

Sie blieb stehen, hob ein paar Muscheln auf und steckte sie in die Tasche seiner Jacke, dann sagte sie: »Mehr kann ich dir nicht geben.«

Andrzej umarmte und küsste sie: Dies war eine Art Signal, dass er diesen windigen und kalten Badestrand verlassen und mit Lidia nach Kanada fliegen wollte, um dort den Ausnahmezustand wenigstens für ein paar Stunden zu unterbrechen. In der Republik der Liebe.

3

Elsas kräftig gewürzte Fischfrikadellen schmeckten Andrzej vorzüglich, und Jaceks leichter Weißwein hatte die Strapazen des Ausflugs schnell vergessen lassen. Nach dem Mittagessen legte sich Lidia für ein halbes Stündchen schlafen, und Elsa folgte ihr. Andrzej rauchte mit Jacek in dessen Studio eine Zigarre, und sein Freund fragte ihn plötzlich: »Verbringst du den Rest des Tages wieder mit Lidia?«

»Hast du was dagegen?«

»Nein. Ihr könnt machen, was ihr wollt.«

»Du bist eifersüchtig.«

»Ich will nicht, dass du ihr wehtust.«

»Und wenn schon! Sie kann mir auch wehtun.«

»Passt auf euch auf.«

»Das tun wir, Bruder. Sie zeigt mir die Stadt ...«

»Und ihren hübschen Hintern.«

»Sei nicht albern, Bruder.«

Jacek entschuldigte sich, wechselte das Thema und kam auf seine Musik zu sprechen: »Ich experimentiere in letzter Zeit immer öfter mit elektronischen Klängen und spiele mit den Synthesizern unwiederholbare Geräusche, als wären die Maschinen mein dritter Arm, mein drittes Bein ...«

» ... unglaublich ...«, murmelte Andrzej, der auf diese Experimente neugierig war, denn Jaceks Streichquartette kamen ohne elektronische Geräusche aus, und wenn man sie hörte, hatte man als Zuhörer, der gänzlich in dieser Musik aufgegangen war, den Eindruck, als würde jemand mit einem Katana die Luft schneiden – man hörte das leise Rauschen und die ultraschnellen Schnitte, die das Schwert mit jedem Streich verursachte; doch es waren unendlich viele Schnitte, und jeder war einzigartig, weil Jacek die Repetition hasste und sich immer um Einzigartigkeit bemühte, die ihm manchmal gelang.

» ... in Venedig wiederholt sich auch nichts«, fuhr Jacek fort, »gar nichts – hast du es schon gemerkt? Dass das Licht in dieser Stadt jeden Tag neu geboren wird?«

»Liegt es am Wasser? Oder an unserer Fantasie?«

»An unserer Vorstellung. Wir erwarten jeden Tag ein neues Lichtspiel, und wir bekommen es. Eine Vorstellung erfüllt die nächste. So kann Venedig noch weitere hundert Jahre überleben, obwohl die hübsche Löwin dem Untergang geweiht ist, früher oder später.«

»Im Moment ist aber unser Land dem Untergang geweiht.«

»Spätestens am Wochenende wirst du Monika telefonisch erreichen. Sie werden die Leitungen nicht ewig besetzen.«

»Optimist. Wie immer ein unverbesserlicher Optimist.«

»Wirst du nun bei uns bleiben? Wegen Lidia?«

»Wenn ich in Venedig Asyl beantrage, dann bestimmt nicht wegen Lidia.«

»Aber du bist …«

»Verliebt?«

»Ja.«

»Verloren. Und ich werde natürlich zurückgehen.«

»Dann versprich meiner Tochter nichts Dummes. Sie ist noch zu jung für Versprechungen, sie hält sie für die Wahrheit.«

»Ich werde nach Polen zurückgehen, keine Bange.«

»Nein, du solltest hier bei uns bleiben und Monika rausholen aus diesem Sumpf.«

»Monika?«

»Monika …«

Andrzej dachte nach. Würde Jacek sie gerne wiedersehen? Natürlich wollte er das. Aber Monika lebte schon seit Langem in einem anderen Zeitkontinuum. Und was einmal in Warschau gewesen war, interessierte sie nicht mehr. Die alte Zeit war gestorben. Andrzej konnte sich jedenfalls ein neues Leben im Westen, egal wo, nicht vorstellen. Der *Barone* Eduardo hatte recht. Er durfte seine Muttersprache nicht verlieren. Sie war alles, was er besaß, und er betete sie an. Weil sie sein Altar war, auf dem er ihr Opfer brachte, um die Götter zu besänftigen und für seine Dichtung zu gewinnen.

»Kommt heute Abend nicht zu spät nach Hause! Wir bekommen um neunzehn Uhr Besuch von Toni«, sagte Jacek, nachdem er seine Zigarre im Aschenbecher abgelegt hatte, um sie später zu Ende zu rauchen. Er wollte die Arbeit an seinen Streichquartetten fortsetzen, und dann sagte er: »Jetzt hast du ein Thema für unsere Lieder: Schreib doch über den Ausnahmezustand in Polen, das Kriegsrecht. Wie könnte das Werk heißen?«

»*Sieben Tage mit Lidia Oder Liebe im Kriegsrecht*«, antwortete Andrzej.

4

Das Hotel *Canada* gefiel ihnen jeden Tag besser. Es gab nur wenige Gäste, und die waren harmlos, sie gingen zum Essen aus, kamen früh zurück und legten sich schlafen; wer wollte schon im Dezember, kurz vor Weihnachten, in der feuchten Kälte der Lagune auf der *Piazza San Marco* spazieren, während doch in Sommernächten Charles Aznavour auf der *Piazza* auftrat und mit seinem Chanson *Domme ils disent* fünfzigjährigen Damen heimliche Seufzer im Mondschein entlockte. Mit ihren Nasentüchern betupften sie sich dann die feuchten Augen und flüsterten: »Ach Charles! Das muss doch nicht sein!« Noch mehr Liebe zu bekommen, war nicht möglich. Ja, dieses Venedig, das ihm Jacek in seinem ersten Brief nach fast zehn Jahren beschrieben hatte, würde Andrzej vielleicht nie kennenlernen, denn nach seiner Rückkehr würde ihm die Regierung den Reisepass wegnehmen und sehr wahrscheinlich nie mehr zurückgeben.

Er hatte eine halbe Stunde geschlafen, und Lidia schaute ihm beim Aufwachen zu und streichelte seinen Rücken. Auf dem *Campo San Lio* und in den Gassen mit den Einkaufsläden und Boutiquen war gegen Abend viel los, sie hörten geschäftige Stimmen, laute Rufe, weil ständig jemand oder etwas gesucht wurde. Und immer und überall gab es die Kirchengänger – so auch hier –, die nie Ruhe gaben und ihren Gott zu jeder Tageszeit besuchten. Die *Chiesa di San Lio* war für Verliebte wie geschaffen – Andrzej und Lidia hatten sie kurz betreten, bevor sie ins Hotel gegangen waren, auf ihr Zimmer. Es war eine kleine und helle Kirche, die durch die großzügigen Fenster mehr Tageslicht hatte als ihre Schwestern. Vielleicht war sie sogar die einzige *Chiesa* in dieser Stadt, in welcher der römisch-katholische, dreigesichtige Gott den Verliebten kein schlechtes Gewissen machen, sie nicht ins Fegefeuer oder gar in den Zweiten Tod, von dem im Neuen Testament die Rede ist, stürzen wollte. Die blaue Marmorfarbe und die hellgrauen Wände, die fast schon lila leuchteten, sorgten zumindest für eine ausgelassene und fast schon liebliche Stimmung, die das pure Gegenteil zu der violetten Düsternis in den polnischen Kirchen bildete, fand Andrzej.

Er stand auf, putzte sich die Zähne und trank einen Schluck Wasser. Er sagte: »Das Hotel *Canada* und den *Campo San Lio* werden wir unser Leben lang mit uns herumschleppen, und ich möchte nicht wissen, wie sich das in zehn oder zwanzig Jahren anfühlen wird.«

»Genauso feurig. Aber du machst alles kaputt. Es ist dein Beruf, Dinge und die Liebe kaputt zu machen. Mich stört's jedoch nicht. Ich kann damit leben. Ich kann leiden.«

»Komm zu mir«, sagte er.

»Ich bin doch bei dir.«

Sie lag nackt unter der Bettdecke, er setzte sich auf den Bettrand, mit dem Rücken zu Lidia, versteckte sein Gesicht in seinen Händen und massierte es.

»Ich liebe deinen Rücken. Er ist so schmal und trotzdem kräftig ...«, sagte sie.

»Hast du den Rücken von Gaston Salvatore gesehen? Er trägt den ganzen Erdball auf seinem Buckel ...«, bemerkte er und drehte sich zu Lidia um.

»Wo hast du ihn kennengelernt?«

»Vorige Woche auf einer Party. Er trägt auf seinem breiten Matrosenrücken die Erdkugel und Chile, seine Heimat; er trägt seinen toten Freund Rudi Dutschke und seinen toten Onkel Salvador Allende – und dann auch die Figuren aus seinen Theaterstücken. Dieser Rücken ist die Weltbühne.«

»Und seine Panzerung gegen die Angriffe der zahlreichen Feinde.«

»Ein Dichter, der keine Feinde hat, ist suspekt. Die erste Niederlage schon kann einen Schicksalsgünstling vernichten. Jedenfalls hat es mich wenig gekratzt, dass er mich gleich zu Anfang unserer Bekanntschaft einer Prüfung unterzogen hat, ob ich überhaupt etwas tauge ... Ich glaube, er war mit mir zufrieden ... Er hat einen kurzen Vortrag über die Schönheit gehalten, ob sie denn wirklich der einzige Ausweg sei – sozusagen die Rettung vor dem Tod. Er zitierte andauernd aus dem *Phaidros* und hatte sich in Rage geredet. Ich war plötzlich der Bauer auf seinem Schachbrett.«

»Du hast unerlaubt sein Terrain, seine Stadt betreten, und er wehrt sich. Aber wie ist es bei dir? Wer sind deine Feinde?«

»Du kennst sie: Meine Feinde tragen verknöcherte tote Uniformen – politische, ästhetische, religiöse oder ganz einfach ideologische …«

»Ich will Namen hören, konkrete Namen, Geburtsdaten, Alter, verstehst du?«

Er nahm Lidia in seine Arme und drückte sie ganz fest an sich. Sie musste sich wehren, weil sie keine Luft bekam. Sie versuchte sich zu befreien und küsste Andrzej dabei überall dort, wo sie ihn gerade erwischte. Das Zimmer wurde vormittags aufgeräumt, die Bettwäsche aber hatte das Zimmermädchen nicht gewechselt – die Kissen und Laken rochen nach Lidia und ihrer Yoni und Haut. Es kam ihm vor, als hätten sie das Bett im *Canada* seit gestern nicht mehr verlassen.

»Du bist nicht bei der Sache …«, sagte Lidia. »Wohin treiben dich deine Gedanken?«

»Ich hatte ein merkwürdiges Gespräch mit Jacek.«

»Du hast Angst vor ihm. Er ist also einer deiner Feinde …«

»Ich habe Angst vor mir selbst. Ich sollte bei Monika sein.«

»Die Militärs hätten dich nachts abgeholt und eingesperrt. So lebst du noch.«

Er schaute in ihre Augen und versteckte ihr Gesicht in seinen Händen. Er fühlte sich mächtig und stark, weil ihm auf einmal eine Stimme in seinen Eingeweiden sagte, dass Lidia ihm gehöre und dass nur er Lidia in seinen Armen vor der Welt verstecken könne. Aber das Gefühl verging schnell, diese nächste Illusion, dass Lidia und er ein glückliches Paar seien.

»Meine Millionärin, was tun wir hier? Warum sind wir hier?«

»Wir machen Urlaub. Wir haben etwas Zeit gewonnen, der General hat uns diese Zeit geschenkt.«

»Jacek sagte, ich solle dir keine Versprechungen machen.«

»Er hält mich für ein naives Mädchen … Ich werde alles durchstehen – glaub's mir. Und ich kann dir helfen: Du brauchst mich.«

»Er macht sich Sorgen um seine Tochter. Mehr nicht. Er liebt dich. Und er ist stolz auf dich.«

»Mit wem gehst du ins Bett? Mit meinem Vater oder mit mir? Wer küsst dich jetzt?«

»Lidia.«

»Die kleine dreizehnjährige Lidzia …«

Er hatte noch einen Schluck *Martini* in seinem Glas. Er trank den Drink aus und zündete sich eine filterlose Zigarette an, er gab auch eine Lidia, die jedoch nur drei, vier Züge nahm und die Kippe im Aschenbecher ausdrückte. Auf dem *Campo* war es bereits dunkel, urplötzlich war der Abend in die Stadt eingefallen, in den Gassen kauften Touristen und die Einheimischen ein, und es regnete immer wieder, aber es war mehr eine Art Proberegen. Das dunkelgelbe Licht der Gassenbeleuchtung und die hellen freundlichen Schaufenster der Boutiquen, Kioske und *Alimentari* mit den fetten Würsten und Parmaschinken halfen Andrzej nicht, den Ausnahmezustand in Polen wenigstens für eine halbe Stunde zu vergessen, doch das geschäftige Treiben unten auf dem *Campo San Lio* und in dem Labyrinth der Einkaufspassagen und -wege wirkte auf ihn ein bisschen beruhigend; hier oben im ersten Stockwerk des Hotels fühlte er sich heimisch und geborgen. Und diese junge Frau im Hotelbett, die er schon als kleines Mädchen geliebt und bewundert hatte, entführte ihn in seine schönste und wichtigste Epoche: zurück ins Warschau seiner jungen Jahre. In Gedanken ging er in die Sechziger zurück, als er Monika im ersten Semester an der Universität kennenlernte, nur wenige Atemzüge vor den Studentenprotesten im März 1968, vor der Aufführung des Dramas *Totenfeier*, vor der Beleidigung der Sowjets, vor der Vertreibung der letzten polnischen Juden ins Ausland. Und als könnte Lidia jeden Gedanken in seinem Kopf lesen, fragte sie ihn: »Wie alt war Monika, als du ihr begegnet bist?«

»Warum diese Frage?«

»Erinnere ich dich an Monika?«

»Ja. An diese Zeit, in der alles möglich schien …«

»Liest du mir was vor? Vielleicht ein Gedicht aus diesen Jahren?«

»Vielleicht später, bei Jacek und Elsa.«

»Ich bin deine Millionärin und die neue-alte Monika, ich bin auferstanden … Und du wirst mich verlassen. Aber noch haben wir ein paar Tage nur für uns, und ich werde dich beschützen und die alte Zeit für dich retten.«

»Warum willst du das tun?«

»Diese Frage musst du dir selbst beantworten.«

»Ich werde mir Mühe geben, Lidka …«, sagte er und gab ihr einen Kuss.

Sie liebten sich wieder, sie überließen nichts dem Zufall. Und sie schliefen nach der wohltuenden Kraftanstrengung für einige Minuten ein, obwohl es schon spät war und sie längst in Richtung der Rialtobrücke unterwegs hätten sein müssen, zurück zu Lidias Eltern. Aber den flüchtigen Traum, der Andrzej bedrängt hatte, konnte er, nachdem sie beide aufgewacht waren, Lidia nicht erzählen: Er war wieder in der überschwemmten Fabrik gewesen, an diesem trostlosen Ort der tropfenden Wasserhähne, der überfluteten Produktionshallen, dem Ort, der ihm so vertraut vorkam, als gäbe es ihn wirklich, als hätte er ihn schon oft besucht, doch er konnte ihn nicht identifizieren und einordnen, obwohl er in der Bibliothek seiner Erinnerungen intensiv nach einem Hinweis suchte. Wo habe ich bloß diese überfluteten Fabrikruinen im grünen Tal schon einmal gesehen?, fragte er sich, in meiner Kindheit?, oder ist dieser verfluchte Ort hier in Venedig, vor meinen Augen, und ich laufe blind durch Gassen und über Brücken und sehe ihn nicht, weil ich mich in Lidia verliebt habe?

5

Zum Abendessen erschienen sie fast pünktlich, und Toni Muraro, der Maler, erwartete sie schon; er war in Jaceks Alter und sprach Deutsch und Englisch, wenn auch nur fast perfekt. Und wie gewöhnlich war Toni mit seinem Motorboot gekommen.

Er hatte es von seinem Zuhause nicht weit zu Elsa und Jacek, dreißig Minuten dauerte die Fahrt durch die Kanäle zum *Campo Santa Maria Mater Domini*, und Lidia, die sich mit dem Maler prächtig amüsierte und mit ihm genauso gut befreundet zu sein schien wie ihr Vater, strotzte immer noch vor Energie und überzeugte Toni davon, dass eine kurze Fahrt mit seinem Motorboot durch die benachbarten Kanäle vor dem Schlafengehen sehr erfrischend sei – für alle. Elsa und Jacek, der für diesen Abend ausnahmsweise ein polnisches Gericht, das *Bigos*, gekocht hatte, ließen sich zu diesem nächtlichen Ausflug nicht mehr überreden. Andrzejs Freund sagte bloß: »Ihr könntet eine Flasche Rotwein mitbringen … Vielleicht schwimmt eine in irgendeinem Kanal.«

Doch bevor Andrzej zusammen mit Lidia und dem Maler aufbrechen konnte, musste er noch den letzten Versuch starten und seine Frau in Polen anrufen. Um diese Zeit, es war halb elf, war so ein Anruf gewiss eine Überraschung, denn im *Il Gazzettino* hatte Elsa etwas von einer Milizstunde gelesen, der Ausgangssperre, die laut Zeitungsbericht um 22 Uhr beginne und für das ganze Land gelte. Milizstunde, so ein hässliches Wort, dachte Andrzej. Er ging in Elsas Studio und wählte ein paar Mal die Telefonnummer seiner Nachbarn in Kętrzyn. Er hatte die Tür nicht geschlossen, und so hörte er die warme Stimme des Malers, die Radiostimme Elsas, die genauso gut als Moderatorin hätte arbeiten können, und das laute vergnügte Lachen Lidias. Jacek war still. Er sagte nichts. Und Andrzej wusste, warum sein Freund schwieg. Auch er befand sich im Ausnahmezustand und sorgte sich um seine alte Heimat, obwohl er ein Vorzeigeemigrant und erfolgreicher Komponist war, der sich um seine Zukunft wenigstens keine großen Sorgen mehr machen musste.

Die Telefonnummer bei seinen Nachbarn war besetzt, und Andrzej gab nach einer Viertelstunde auch diesen Versuch auf – es hatte keinen Sinn. Aber im nächsten Moment stellte er etwas erschrocken fest, dass der Wandspiegel wieder an seinem alten Ort hing, als wäre nichts geschehen. Und da es sich um einen wandernden Spiegel handelte und die handwerklichen Fähigkeiten seine Freundes Jacek sehr bescheiden waren – um nicht zu sagen: gar nicht erst vorhanden –, war sich Andrzej sicher, dass die Dibbuks vom *Canal Grande* wieder zugeschlagen hatten. Die vom steinernen Strom oder aus der überfluteten und vor zig Jahren stillgelegten Fabrik, die ihn in seinen Träumen bedrängte.

Doch kaum, dass er den Hörer aufgelegt hatte, stand schon die schöne und widerspenstige Fotografin neben ihm und sagte: »Es geht mich nichts an, aber du und Lidia: Was verbindet euch eigentlich? Etwas Ernstes?«

Andrzej schwieg. Er war dermaßen von der Geradheit dieser Frage überrascht, dass ihm kein einziges Wort einfiel, das eine Spur von Erklärung liefern würde.

6

Es war schon die dritte Brücke, unter der sie hindurchfuhren. Toni hatte beschlossen, den Wunsch von Lidia und Jacek gewissenhaft zu erfüllen, aber der kürzeste Weg zu einer Flasche Rotwein führte zu ihm nach Hause, die kleinen *Alimentari* hatten schon geschlossen, und in den Kiosken und billigen Bars, die noch offen hatten, gab es nur schlechten Wein. Andrzej hatte längst die Übersicht verloren – wenn man als Fremder mit einem Boot in den Seitenkanälen unterwegs war, verlor man schnell die Orientierung: Die Stadt erschien einem dann so, als wäre sie gerade erst aus der Lagune aufgetaucht.

Die Flut hatte sich verzogen, und die modrigen, vom Lagunensalz angefressenen Türen und Tore aus Holz wurden endlich vollständig sichtbar; sie sahen im unteren Bereich erbärmlich aus, angeschlagen und schartig. Und dort, wo jemand die Außenbeleuchtung angelassen hatte, fiel gelbliches Licht auf die Treppen, deren Stufen aus dem Wasser emporstiegen und grünlich leuchteten. Die Palazzi und Wohnhäuser zeigten auf einmal ihre verborgensten Steine, Treppenstufen und Terrassen – ihre wahren Gesichter sozusagen. Und überall parkten Motorboote, die man beim Vorbeifahren mit der Hand berühren konnte. Das Wasser stand still, und jede noch so kleine Bewegung, jedes Geräusch, so unscheinbar es sein mochte – eine vorbeischwimmende Ratte zum Beispiel –, blieb nicht unbemerkt, da die Mauern der Gebäude wie ein Verstärker wirkten und den starken Widerhall ermöglichten, zumal um diese Uhrzeit, spät in der Nacht, bei großer Ruhe. Die Fahrt zog sich in die Länge, Toni drosselte immer wieder die Geschwindigkeit seines Motorboots, weil es Abschnitte gab, die gänzlich in der Dunkelheit lagen, wie zum Beispiel im Tunnel unter der Kirche *San Stefano*.

Der Maler muss Katzenaugen haben, dachte Andrzej, oder er kennt alle Wege seit seiner Kindheit so gut, dass er quasi mit verbundenen Augen durch die Kanäle fahren kann.

Toni war ein stolzer Bewohner dieser Stadt, und am deutlichsten kam dieser Stolz eines Insulaners und Repräsentanten der alten Freiheitsrepublik dann zum Vorschein, wenn er am Steuergriff des Außenborders saß und sein Motorboot durch die Kanäle lenkte, und manchmal tat er dies im Stehen, dann aber mit ausgestreckter Brust, einer Zigarre im Mund und der linken Hand in der Hosentasche. Die Freiheit schien die einzige unverfälschte Idee der ehemaligen Dogenrepublik zu sein, und Toni, ein gutmütiger Sozialist, bewies mit seinen Taten, wie wichtig ihm und anderen Venezianern der Traum von Freiheit und Liberalität war: Er stellte seine Bilder sowohl im Westen wie auch im Ostblock aus, er arbeitete mit kommunistischen Künstlern und Bühnenbildnern in der DDR zusammen und kam immer wieder nach Venedig zurück, um hier seine Arbeit fortzusetzen. Andrzej bewunderte seine Flexibilität. Er akzeptierte sogar seine Liaison mit den Kommunisten aus dem Osten, denn die westlichen Linken und Sozialisten kannten den Realsozialismus nicht und neigten dadurch zur Mythologisierung des sowjetischen Systems. Sie vergaßen die Gulags und Gefängnisse, vergaßen die Aufstände und Proteste der Arbeiter. Sie begriffen nicht, dass ein wahrer Linker, der in einem sozialistischen Staat lebte, zu einem Umstürzler und Gegner dieses Staates werden musste. Die westlichen Linken lebten ihren Hang zur Idealisierung der Geschichte in einem vor Honig und Milch triefenden Teil Europas aus – so kam es zumindest Andrzej vor – und wollten nicht wahrhaben, dass ihr Wunschdenken stärker war als ihr Realitätssinn. Und Andrzej wusste es längst: Um die sozialistische Utopie realisieren zu können, musste man dem Wunschdenken diktatorisch und demagogisch nachhelfen – zur Not auch mit Waffengewalt und psychischem Terror.

Lidia hockte am Bug und Andrzej ihr gegenüber auf der mittleren Bank des Motorboots; Toni erzählte in seinem Rücken von den Gassen und *Campi*, an denen sie im Schneckentempo vorbeifuhren. Im Sommer seien solche nächtlichen Ausflüge mit dem Boot oft die letzte Möglichkeit, meinte er, sich ein wenig abzukühlen, insbesondere Ende Juli und Anfang August, wenn die älteren Venezianer aus der Stadt fliehen würden, um der brennenden Hitze für wenigstens zwei Wochen zu entgehen.

»Was meinst du, wer wohnt in den Kanälen?«, fragte Lidia.

»Ertrunkene«, antwortete Andrzej. »Ertrunkene, die hier weiterleben können. Ich kenne mich damit gut aus.«

»Ich weiß: Du kennst die Ertrunkenen von deinen Seen in Masuren.«

Lidia übersetzte das Gröbste ins Englische, und Toni hörte mit Vergnügen der polnischen Unterhaltung der beiden zu. Er sagte auf Deutsch, das er besser beherrschte als seine anderen Fremdsprachen: »Wir machen bei meiner Lieblingsbar eine Pause – ich lade euch zu einem Drink ein!« – damit war für Andrzej klar, dass der Ausflug mindestens eine Stunde dauern würde; es gefiel ihm nicht, dass Elsa und Jacek so lange auf sie würden warten müssen, aber er durfte Toni nicht zur Eile drängen. Dem Maler bereitete es nämlich Freude, wenn er die Schönheit seiner Stadt auswärtigen Gästen präsentieren konnte. Er wohnte in der Nähe des *Campo Santa Margherita*, der vor allem von jungen Menschen frequentiert wurde, weil es dort auf den ersten Blick schäbige Bars und Cafés gab, die mit ihrer Einrichtung, ihren Getränkepreisen und ihrer Musik Studenten, Freigeister und Lebenskünstler anzogen.

Nachdem sie einen Drink in Tonis Lieblingsbar genommen hatten, steuerte der Maler sein Motorboot in Richtung des Palazzos *Barbarigo della Terazza*, und am Ende des schmalen Kanals im Stadtteil *San Polo* war endlich der steinerne Strom zu erkennen: in loderndem Grün, als hätte dort jemand riesige Suchscheinwerfer aufgestellt. Und je näher sie dem *Canal Grande* kamen, desto gewaltiger wurde das grüne Feuer der Einfahrt in die Hauptader der Lagunenstadt. Venedig glich einem riesigen Spiegelkabinett, weil sich das Wasser in den Kanälen vom Licht ernährte und selbst nachts nach ihm suchte. Stand es still – meist für wenige Sekunden und Minuten –, spiegelten sich die Gebäude auf der Wasseroberfläche wider, aber so exakt und detailliert, dass man das Gefühl hatte, die Häuser hätten noch weitere Stockwerke, und zwar tief in der Erde.

Und dann, am Palazzo *Barbarigo della Terrazza* und in der Einfahrt zum *Canal Grande*, bog Toni nach rechts ab: in

Richtung der *Vaporetto*-Haltestelle *San Tomà*. Von seinem Vierpersonenboot aus, das am besten eigentlich für einen Binnensee geeignet war, hatte man einen ganz anderen Blick auf den steinernen Strom als ein Passagier des Wasserbusses: Man kam sich plötzlich so klein und zerbrechlich vor, und der *Canal Grande* entpuppte sich als eine sechsspurige Autobahn.

Es war nun nicht mehr so kalt wie noch am Vormittag. Lidia fror nicht, sie knöpfte sogar ihren Mantel auf – überwältigt von der Ansicht, denn das Spiegelkabinett arbeitete wieder auf Hochtouren. Im Wasser der Hauptader erkannte man die leuchtenden Fenster und Tore der Palazzi wieder, und man fragte sich: Wo war oben und wo unten? Wo Plus und wo Minus? Eine gespaltene Stadt – sie betrog die Augen, sodass man nicht mehr wusste, wo die Götter und wo die Teufel wohnten.

Lidia lächelte und sagte: »In solchen Momenten stockt einem der Atem.« Sie schien sehr glücklich zu sein, dass sie zusammen mit Andrzej an dieser nächtlichen Bootstour teilnehmen durfte.

Den steinernen Strom aufwärts, kam ihnen ein *Vaporetto* entgegen. Die meisten Gondolieri und Wassertaxis hatten längst Feierabend. In den Restaurants schickten sich die letzten Gäste an, das Lokal zu wechseln – in den Nachtkneipen ging dann die heillose Trinkerei weiter. Die Engländer und Amerikaner landeten in *Harry's Bar*, und die Deutschen und Franzosen okkupierten die wenigen Tanzlokale, Diskotheken und Musikkneipen. Im lodernden Grün des *Canal Grande* übernahmen die Lichter der Palazzi mehr und mehr die Macht und schillerten in der Ferne, als hätte jemand auf den Terrassen und Balkons Goldbarren gestapelt. Man wurde den Eindruck nicht los, dass eine unsichtbare Hand die Mauern aller Gebäude am steinernen Strom mit feinem Goldstaub besprüht hatte, der nun an den Wänden klebte und sich schließlich im Wasser wiederfand, wo er an der Oberfläche verführerisch flackerte.

Im Sommer, meinte Toni, bedecke kurz vor dem Sonnenuntergang eine feine Schicht aus purem Gold die ganze Stadt, und der Himmel leuchte dann an manchen Stellen platinfarben. Man müsse dieses Schauspiel mal mit eigenen Augen gesehen haben, man glaube es sonst nicht.

Als sie einen weiteren Zwischenstopp in einer Weinschenke machten, sagte der Maler: »Kommt mich in meinem neuen Atelier besuchen: auf der *Giudecca.* Es heißt *Cinema One-Man-Show* … Morgen oder übermorgen. Es würde mich freuen!«

Dann fuhren sie zu Toni nach Hause, um die Flasche Rotwein zu holen, und zu seiner Wohnung war es nicht mehr weit, ebenso zum *Campo Santa Margherita,* der eigentlich einer richtigen *Piazza* glich. Er lag in der Nähe der Universität, und der tägliche Markt am Vormittag brachte im Winter die Farben des Sommers in die Stadt zurück. Der Anblick der Tomaten, Apfelsinen und Artischocken versetzte Andrzej in eine feierliche Stimmung, und während in seiner Heimat die kommunistische Soldateska das Land angeblich vor dem Schlimmsten, der Anarchie und den Staatsfeinden – den antisozialistischen Subjekten –, zu bewahren versuchte, ging jeden Morgen auf dem *Campo Santa Margherita* der Verkauf weiter: in einem Stillstand der Zeit, den Andrzej bis jetzt so selten erlebt hatte, aber er kannte diese wohltuende Bewegungslosigkeit, die sich den Gesetzen der Geschichte und Physik vollständig zu entziehen wusste, und versuchte, sie in seinen Gedichten zu beschreiben.

7

Gegen Mitternacht, nach fast eineinhalb Stunden auf dem Wasser, brachte Toni seine Fahrgäste wieder zum *Campo Santa Maria Mater Domini* zurück. Er wollte sich umgehend verabschieden und auf den Rückweg machen, aber Lidia überredete ihn, auf ein letztes Glas zu ihren Eltern mitzukommen: »Wozu haben wir sogar zwei Flaschen Rotwein von dir geholt?«, fragte sie. »Enttäusche Elsa und Jacek nicht! Sie warten doch auf uns!« Der Maler ließ sich nicht lange bitten, er sicherte sein Motorboot mit dem Tau am Kanalgeländer – Andrzej wunderte sich, dass er keine Kette, kein Vorhängeschloss benutzte, denn die Plane zum Abdecken schützte lediglich vor dem Regen, aber nicht vor einem Diebstahl. Und als könnte Toni seine skeptischen Gedanken lesen, sagte er auf Deutsch: »Keine Angst, unsere Diebe lieben die Touristen, weißt du. Manchmal leihen sie sich ein Boot … Und die Polizei findet es aber nach ein paar Tagen wieder, in einem anderen Stadtteil natürlich.«

Andrzejs Kräfte waren nach dem langen Tag und der Kanaltour gänzlich verbraucht, er war hundemüde und hoffte, dass ihn ein Glas Rotwein wieder lebendig machen und auf die Beine stellen würde. Der alkoholische Nachschub war seine letzte Hoffnung.

Elsa und Jacek empfingen sie durstig und ein wenig besorgt, weil die Bootstour doch länger als geplant gedauert hatte. »Wenigstens haben wir in Ruhe Fernsehnachrichten gesehen«, sagte Jacek. »Aber aus Polen gibt es leider nichts Erfreuliches. Die Militärs haben alle Posten im Staat mit ihren Leuten besetzt, selbst in den Fabriken und im Radio und Fernsehen, und Washington verlässt sich auf Informanten der *Solidarność*, die von Verhaftungen und Todesopfern berichten …«

8

Spät in der Nacht bekam Andrzej wieder den gewohnten Besuch: Lidia weckte ihn, kroch unter seine Bettdecke und ließ sich nicht mehr verjagen.

Nachdem sie beide panikartig aufgewacht waren, stellten sie zufrieden und erleichtert fest, dass sie noch gut eine halbe Stunde miteinander verbringen konnten. Sie liebten sich auf der ledernen Ottomane, von der das Bettlaken unter ihrem Körpergewicht andauernd auf den Fußboden zu fliehen drohte, sodass jede fettige Ausdünstung des hastigen Liebesakts am nächsten Morgen auf dem hellbraunen Leder als ein dunkler Fleck sichtbar werden würde: für Jacek ein Weltuntergang. Seine scharf zugespitzten, nebeneinander aufgereihten Bleistifte, mit denen er die Noten oder die Algorithmen aufschrieb, sagten schon viel darüber, was für ein Mann er war. Aber um solche Dinge wollte sich Andrzej jetzt keine Gedanken machen. Ihn beschäftigte etwas anderes. Selten erlebte er mit einer Frau im Bett das Glück der Leichtigkeit wie mit Lidia, denn er musste sie zu nichts zwingen, was nur ihm Spaß machte. Und sie versteckte sich die ganze Zeit in seinen Armen, wobei sie all die Liebestechniken beherrschte, die er selbst kannte und mochte, und sich freute über jeden Kuss und jede Berührung seinerseits, wenn sie sich aus seinem Griff befreite.

Andrzej drehte sich auf den Rücken, und als sich Lidia auf ihn legte und ihn unter sich begrub, drang er in ihre Yoni ein, aber ohne Anstrengung, und er bewegte sich nicht mehr, er wollte nur mit ihr zusammen sein und in diesem intimen Akt möglichst lange verharren und am liebsten einschlafen, mit Lidia – in Lidia. Sie blickte konzentriert und voller Erwartung in seine Augen, als wäre sie der listige Eindringling, und fragte leise: »Andrzej: Was wird bloß aus uns?«

Ihre Frage ergriff seinen ganzen Körper, er spürte Lidias Worte auf seiner Haut, und sie würden ihn nicht loslassen, solange sie beide in dieser Haltung auf der schmalen Ottomane lagen. Es war ein Wunder, dass sie auf diesem engen Sofa, einem Liebhaberstück, beide bequem Platz fanden und nicht darüber jammerten, wie ungerecht die Welt zu ihnen sei – sie hatten außerdem für die bequemeren Stunden das *Canada*. Lidia wog bestimmt keine fünfundfünfzig Kilo. Wenn er sie umarmte und liebte, passte er höllisch auf, weil er Angst hatte, er könnte ihr wehtun und ihr einen Knochen brechen.

Er suchte nach einer passenden Antwort, er wollte nichts falsch machen, kein Salz in die Wunde streuen, und er sagte: »Was aus uns wird, hängt leider von anderen Menschen und Kräften ab, meine Millionärin.«

»Dieser verdammte Ausnahmezustand …«

»Ja und nein – das Kriegsrecht hat uns auch zusammengebracht, bedank dich also bei den Generälen …«

»Du wirst zu deiner Frau zurückkehren. Du liebst sie.«

»Nein, ich werde bei dir bleiben.«

»Du liebst sie …«

»Nein, ich habe dich wiedergefunden …«

»Du liebst sie …«

Sie wiederholte diesen Satz so oft, dass ihm nichts anderes übrig blieb, als sich zu wehren und ihr zu beweisen, wie sehr er sie begehrte. Er hielt sie am Rücken fest, er massierte ihren Nacken, und er drang tief in Lidia ein; dann wurde er mit jeder neuen Bewegung seiner Hüften schneller und heftiger, bis Lidia nur noch ganz leise, fast unhörbar sagte: »Du liebst …« und plötzlich verstummte.

9

Die Nacht war lang gewesen, und sie hatten alle den Weinrausch ausschlafen müssen, um später den Rest des Tages einigermaßen normal zu überstehen. Der Mittwochmorgen, der unverhofft die pralle Sonne nach Venedig zurückgebracht hatte, begann aber für Andrzej und Lidia erst nach dem späten Frühstück bei ihren Eltern – genaugenommen auf dem Weg zu Tante Peggy, zu ihrem ehemaligen Palazzo, in dem sich die öffentlich zugängliche Galerie mit ihrer privaten Sammlung befand. Das Museum sorgte seit einem Jahr für Furore, und Lidia erklärte unterwegs, dass dies ihr Lieblingsort in *Venezia* sei, zumal die gute Tante Peggy dort im Garten im Innenhof ihres Palazzos begraben worden sei, und zwar neben ihren Hunden, deren Namen in eine Art Gedenktafel gemeißelt worden seien. Diese unorthodoxe Lösung gefalle ihr, eine gute Alternative zu dem Friedhof *San Michele*, dieser »faschistisch-katholischen Bohrinsel zwischen Himmel und Hölle«, wie ihr Vater das *cementario,* die Nachbarinsel von *Murano,* zu nennen pflege.

Am Frühstückstisch hatte Lidia für ihren heimlichen Liebhaber ein üppiges Programm für die restliche Woche ausgearbeitet – für den heutigen Mittwoch und die Tage bis einschließlich Sonntag: Seltsamerweise begrüßte Jacek das Engagement seiner Tochter, und als er sagte, Andrzej müsse seine zukünftige Heimatstadt besser kennenlernen, wurde allen Anwesenden klar, warum er auf einmal so freundlich war. Elsa grinste die ganze Zeit, und Andrzej fragte sich: Kennt sie auch die pikanten Details dieses Programms? Weiß sie von unseren Schäferstündchen im Hotel am *San Lio*? Oder hat sie wieder bloß eine Vorahnung?

Nach dem Besuch im neuen Museum und dem Mittagessen zu Hause stand auf Lidias Programm der Abstecher ins Hotel *Canada* – was eigentlich nicht mehr erwähnenswert war, sondern selbstverständlich und ein Ritual; für Donnerstag plante Lidia eine Visite bei Toni in seinem *Cinema One-Man-Show* auf der *Giudecca*, und am Freitagabend fand bei dem jungen Weltenbummler und Urvenezianer Luciano da Meglio der traditionelle alljährliche Empfang statt, zu dem nicht nur venezianische Freunde, Familien, Adlige, Künstler, Bischöfe, Politiker und Geschäftsleute eingeladen waren – Andrzej hatte auch eine Einladung bekommen und sollte auf den Wunsch der Bischöfe und Politiker zwei, drei Gedichte lesen und über die neueste Entwicklung in Polen sprechen, wogegen er sich mit Händen und Füßen wehrte. Doch er befürchtete, keine Wahl zu haben, als mit Jacek und Elsa mitzukommen und den Wunsch zu erfüllen – Lidia würde außerdem dabei sein; der Samstag war frei, und für Sonntag hatte der *Barone* Eduardo eine Einladung zum Dinner ausgesprochen; am Montag würde Andrzej theoretisch mit dem Wassertaxi oder -bus zum Flughafen *Marco Polo* fahren und nach Polen zurückfliegen müssen.

Dieser lästige Programmpunkt ließ sich jedoch nicht festlegen, denn im Moment war nicht einmal klar, ob man überhaupt nach Warschau fliegen konnte. Der Radiosender *Free Europe* aus München berichtete zwar, dass zumindest die Telefone in den Warschauer Botschaften wieder funktionierten, aber das nützte Andrzej wenig. Er hätte natürlich seinen Landsmann, den Emigranten Tadeusz Nowakowski, der in

München wohnte und für *Free Europe* arbeitete, anrufen und fragen können, ob er nicht mehr Informationen über den Ausnahmezustand hätte, doch er wollte die Sache nicht unnötig verkomplizieren. Vor Jahren schon, als Andrzej in Westberlin gewesen war, hatte er Nowakowski, den er für einen ganz passablen Romancier hielt, ein Interview gegeben, in dem er sich kritisch über die Regierung in Warschau geäußert hatte, und dieses Interview hatte den Beginn der Schikanierung durch die Staatssicherheit markiert. Andere Dichter hatten mehr Glück und wurden in Ruhe gelassen, obwohl sie im Westen Dinge erzählten – meistens im Suff –, die normalerweise das Ende ihrer Karriere in der Heimat bedeuten müssten, sodass dann der Gang in die Emigration die einzige Lösung wäre, aber zum Schluss staunte Andrzej jedes Mal über die unsichtbare Hand, die diese Umstürzler zu beschützen schien. Und kaum dass sie wieder nach Hause zurückgekehrt waren, spielten sie mit Genuss Kassandras Rolle und sorgten sich öffentlich um das Vaterland – ihre in der Emigration lebenden Schreibfederkollegen belächelten sie als kosmopolitische Ignoranten: »Für euch könnte Polen sogar die 16. Sowjetrepublik werden! Und ihr würdet darüber noch lachen!«

Doch all seine Bedenken und Zweifel, die Andrzej auch Lidia kurz schilderte, entfernten sich mit Lichtgeschwindigkeit von ihm und verschwanden wie für immer, als sie zu der *Accademia*-Brücke kamen, dort stehen blieben und einander küssten. Eigentlich wollten sie beide nur einen Blick auf den *Canal Grande* werfen und die Touristen aus aller

Welt und den regen Boots- und Schiffsverkehr für einige Minuten bestaunen – sie wollten sich davon überzeugen, dass das Leben in Venedig an diesem Morgen von Neuem seinen gewohnten Lauf genommen hatte. Aber der nächste Kuss ließ sich nicht vermeiden, er dauerte länger und wirkte auf Andrzej wie ein Befreiungsschlag: Wusste er endlich, was zu tun war? Auf einmal packte ihn eine Sehnsucht nach Lidia und der Lagunenstadt; eine Sehnsucht, die jeder Verliebte kannte und die vor allem dann eintrat, wenn der Abschied kurz bevorstand.

»Warum mieten wir uns nicht hier in der Nähe von Tante Peggy eine Wohnung?«, fragte ihn Lidia. »Warum können wir nicht in dieser Stadt einfach leben, wie es auch andere tun?«

»Unterwegs haben wir so viele freie Apartments angezeigt gesehen, meine Millionärin, und ich habe mir ähnliche Fragen gestellt. Es tut meistens weh, wenn das Glück in Reichweite rückt … Man bekommt Angst, es sofort wieder zu verlieren.«

»Du bist doch erst sechsunddreißig und kein alter Mann. Warum redest du wie Onkel *Grammophon* oder gar mein Großvater aus Warschau?«

»Du hast noch dein ganzes Leben vor dir, Lidka – ich darf es nicht zerstören!«

Sie gingen wieder los, aber er ahnte schon, dass sich Lidia genauso wie er selbst von den Ratten der Sehnsucht und Melancholie verfolgt fühlen musste. Und dass es ihr schwerfiel, ihm dieses Gefühl zu beschreiben, weil sie ihn nicht verletzen und ihm den Ausnahmezustand nicht noch unerträglicher machen wollte.

»Ich liebe diese Strecke von Jacek und Elsa zu der *Accademia*«, sagte sie stattdessen. »Ich kenne sie aus meiner Kindheit und habe sie oft zu Fuß zurückgelegt …«

Der Weg vom *Campo Santa Maria Mater Domini* durch die Gassen zu Tante Peggy, die Lidia in den Siebzigern zusammen mit ihrer Stiefmutter und dem guten Onkel *Grammophon*, wie sie ihn nannte, mehrmals besucht hatte, zählte für Andrzej ebenso zu den attraktivsten, zumindest auf dieser Seite des steinernen Stroms, denn am gegenüberliegenden Ufer, wo sich unter anderem der Stadtteil *San Marco* erstreckte, herrschte ein ganz anderes Klima und Wetter – dort drüben fand immer der offizielle Empfang statt, dort drüben musste immer gute Laune herrschen, und außerdem war es der bessere Teil Venedigs, sehr gut geeignet für die Snobs, aber auch für die Nörgler und Misanthropen, die mit den Touristen auf dem Kriegsfuß standen.

Jedenfalls war es ein ordentlicher Spaziergang, man brauchte eine Dreiviertelstunde von Elsas und Jaceks Zuhause bis zu der *Accademia*-Brücke, und in der breiten, wie eine Fußgängerzone anmutenden *Rio Terrá Foscarini* musste man dann in eine ruhige Seitengasse auf der linken Seite abbiegen, um ans Ziel zu gelangen, zum neuen *Guggenheim*-Museum.

Andrzej und Lidia hatten auf dem Weg zu Tante Peggy den *San Polo* und den *Campo* vor der Kirche *San Barnaba* überqueren müssen, und sie erinnerten sich dabei an Kathrin Hepburn und Simone Weil. Die Schauspielerin hatte den Kanal am *San Barnaba* berühmt gemacht: Es reichte dafür eine einzige Filmszene, wie sie im Krebsgang in den Kanal fiel und unfreiwillig ein Bad nahm. Und in einem Buchladenschaufenster erspähte Andrzej ein Werk der zierlichen französisch-jüdischen Philosophin Weil, die der christlichen Religion wieder ihre ursprünglichen Flügel hatte verleihen wollen: die Transzendenz. Und da Andrzej letzte Woche auf dem *Campo de Gheto Novo* gewesen war – Elsa hatte zu diesem Ausflug eingeladen –, verfolgte ihn schon seit Tagen ein Bild, das sich in ihm tief eingenistet hatte: nämlich dass Venedig einem riesigen heiligen Bad ähnelte, einer *Mikwe* eben, in der sich Frauen von aller Schlechtigkeit reinwuschen, jüdisch-orthodoxe Frauen – und manchmal auch ihre Männer. Ihm gingen noch andere Bilder nicht aus dem Kopf, er musste sich immer wieder vorstellen, wie die Tore des Ghettos nach 18 Uhr Abend für Abend geschlossen wurden, wie die Gondeln die jüdischen Kanäle, welche das Ghetto umschlossen, kontrollierten, und ihn ließ auch der Anblick der Löcher in den Mauern, in denen einst die Torscharniere gesteckt hatten, nicht mehr los.

»Venedig ist das Bad der Erde …«, murmelte er, als sie vor dem *Guggenheim*-Museum ankamen. »Diese Zeile muss ich mir unbedingt notieren!«

»Was sagst du? Du hast bis jetzt nicht einmal ein Wörtchen über deine Arbeit mit mir gewechselt …«

»Lidia – was ich mache, geschieht im Stillen …«

»Aber ich möchte alles erfahren – jeden Gedanken, den du dir notierst.«

»Es sind nur kleine Skizzen ...«

Der Eingang für die Museumsbesucher – eigentlich ein Hintereingang – war bescheiden, man kam in einen Innenhof und vermutete gar nicht, dass die Vorderseite des ehemaligen Palazzos von Tante Peggy am *Canal Grande* bombastisch thronte und neugierige Blicke anzog, weil das Gebäude halb fertiggebaut aussah – die geplanten Stockwerke wurden nie aufgesetzt, es blieb beim Erdgeschoss, und der Palazzo besaß auf Grund seines *Work-in-progress*-Zustands einen Charme, dem sich niemand entziehen konnte. Wie ein Luxusbungalow stand er am Wasser, dabei sollten es einmal sogar vier Stockwerke werden, und der imposante Kanalufereingang verriet schon, dass das weiße Gebäude, der Palazzo *Venier dei Leoni* aus dem 18. Jahrhundert, dem Fassadenprunk eines Theaters oder einer Oper in nichts nachstehen sollte.

Lidia kaufte zwei Eintrittskarten, und dann betraten sie den Innenhof der öffentlichen Galerie. Endlich wieder ein Garten!, dachte Andrzej, endlich wieder Bäume, die man sonst nur in den *Giardini* besichtigen kann!

»Du freust dich?«, fragte Lidia.

»Ja, weil du in Venedig irgendwann einen Streifen trockene Erde unter den Füßen vermisst oder wenigstens ein Grasbüschel ...«, lachte Andrzej.

»Und ich kann von den Steinen der Palazzi und dem blassgrünen Lagunenwasser nicht genug kriegen! Jetzt komm endlich mit! Ich möchte dir meine Lieblingsbilder zeigen – das Grab von Tante Peggy schauen wir uns zum Schluss an!«

Lidia nahm ihn an die Hand wie einen kleinen Jungen und führte ihn in den Palazzo, den Luxusbungalow. Als erstes fiel Andrzej auf, dass das Erdgeschoss gewaltig war und über zahlreiche großzügige Ausstellungsräume verfügte – was wäre erst gewesen, wenn die Baupläne realisiert worden wären? In den vier Stockwerken hätte Peggy die wichtigsten Kunstwerke des 20. Jahrhunderts ausstellen können. Für Lidia war der Besuch im Museum etwas Merkwürdiges. Sie kannte das Haus als ein privates Domizil. Und Tante Peggy hatte auch gerne Jaceks Kompositionen gehört, zumindest hatte sie Elsa immer wieder erzählt, dass sie seine Musik mögen würde. Andrzej fühlte sich bald so, als wäre er mit Lidias Stiefmutter verwandt, ja, er hatte das Gefühl, er wäre auch mit seiner hübschen Millionärin aus London verwandt, und diese Vorstellung gefiel ihm mal mehr, mal weniger. In gewisser Hinsicht konnte er Lidia als seine Cousine oder Nichte betrachten – immerhin hatte er einen Teil ihrer Warschauer Kindheit begleitet, als Jaceks bester Freund.

Lidia führte ihn von Bild zu Bild, von Raum zu Raum, und vor manchen Gemälden blieb sie nicht nur lange stehen, um sie aufmerksam zu betrachten – sie nahm sich viel Zeit für die Beschreibung und Erklärung des einzelnen Werkes, das ihr wichtig war. Ihr Wissen stammte aber nicht nur von ihrer Stiefmutter oder aus Büchern und Filmen – sie hatte es aus erster Hand bekommen, und zwar während der Besuche bei Tante Peggy, und sie kannte viele Anekdoten und Geschichten, die in keinem Buch zu finden waren. Andrzej staunte über die Kraft des Eros und der Libido, die diese Frau angetrieben haben musste, um so viele unterschiedliche Charaktere und Künstler unter einen Hut zu bringen. Vieles ließ ihn kalt, viele Kunstwerke sprachen ihn nicht an, aber in zwei Ausstellungsräumen verbrachte er mit Lidia lange Minuten der Kontemplation, und er kehrte mehrere Male in diese Räume zurück, um sich die Gemälde noch einmal anzusehen. Er hatte zwei Favoriten gefunden, vielleicht drei, deren Bilder er selbst gern in seinem Kulturhaus in Kętrzyn aufgehängt hätte. Diese Werke einmal privat zu besitzen – solch eine Vorstellung überstieg seine Fantasie. Max Ernst, René Magritte und Jackson Pollock hätte er jedenfalls sofort nach Hause mitnehmen können.

»Was hast du gesagt? Welche Bilder nimmst du heute mit?«, fragte ihn Lidia. »Für die großflächigen Gemälde von Jackson Pollock brauchen wir Hilfe beim Tragen! Oder wir bestellen uns gleich zwei Wassertaxis und lassen unsere Beute zu Elsa und Jacek bringen!«

Sie saßen auf einem Sofa, flüsterten miteinander und schauten sich Pollocks *Alchemy* von 1947 an. Sie mussten flüstern, weil dauernd jemand hereinkam und störte. Das slawische Tschi-Schi-Geflüster, als würden Grillen ihre abendlichen Konzerte vorführen, machte die anderen Museumsbesucher neugierig. Lidia und Andrzej konnten sich vor deren Augen und Ohren nicht verstecken.

Andrzej kannte natürlich Fotos aus polnischen Zeitschriften und Zeitungen, aber *Alchemy* im Original, das scheinbar chaotische Treiben von Elementarteilchen auf unendlichen labyrinthartigen Bahnen, versetzte ihn in eine kaum auszuhaltende Hochstimmung, für die es meist nur ein Ventil gab: das Schreiben von Gedichten. Er sagte: »Guck dir das an, Lidia! Da ist alles zu sehen, alles, was uns und die Welt ausmacht. Da ist Hiroshima, da ist ein Galgen, an dem der christliche Gott hängt – er ist tot; da ist das masurische Krankenhaus, in dem ich geboren wurde, und da sind Millionen von anderen Geburten und Toden und glücklichen Augenblicken zu sehen: neben schrecklichen Momenten des Niedergangs. Pollock schafft es, Ursache und Wirkung miteinander zu verknüpfen und für jeden verständlich darzustellen. Er moralisiert nicht, weil er weiß, dass in Wahrheit alles relativ ist. Das Böse und das Gute leben in diesen Bildern in einer kosmischen Harmonie. Vergangenheit, Gegenwart und Zukunft schließen sich endlich zusammen und werden sichtbar: zu jeder Zeit, jeder Epoche. Pollock ist großartig – wenn auch nur ein Sklave deiner Tante Peggy … Er musste einen hohen Preis für seinen Erfolg zahlen …«

»Er brauchte sie – und Peggy hat ihn geliebt. Und auch du trinkst zu viel. Der Alkohol wird euch alle töten. Auch meinen Vater.«

»Und dich auch, Lidia, dich auch. Du bist auf dem besten Weg, dahin zu gehen, woher wir alle kommen: Wir haben uns vor unserer irdischen Inkarnation – so scheint es mir – wie Fallschirmjäger verabredet und sind gemeinsam auf der Erde gelandet, um uns zu lieben oder zu hassen.«

»Ich hasse dich nicht, ich liebe dich.«

»Als ich vorhin eines der Bilder von Max Ernst betrachtete, fragte ich mich sofort, wer die Dame in dem roten Kleid und mit dem abgemagerten Pferdemaul sein mag? Du? Monika? Oder vielleicht gar eine dritte Frau? Sein Bild stellt eine Dreiecksgeschichte dar.«

»Die Eifersucht – er hat die Eifersucht porträtiert. Pferde sind scheu, aus Angst töten sie selbst ein unschuldiges Kind ...«

»Willst du mich warnen?«

»Ich möchte, dass du in Venedig bleibst ... und wohnst. Ich werde dich an jedem freien Wochenende besuchen.«

»Aber selbst eine Millionärin kann sich so zahlreiche Besuche nicht leisten, Lidia. Außerdem hast du Angst vorm Fliegen!«

»Für dich würde ich fliegen. Und mein Vater unterstützt mich ab und zu, er zahlt gerne, solange ich noch nicht ganz auf meinen eigenen Beinen stehe. Meine Karriere hat ja erst begonnen ...«

»Du willst mir damit sagen, dass er unsere Stunden im *Canada* mitfinanziert?«

»Das hast du gesagt.«

10

Auf dem Rückweg suchten sie nach einer Telefonzelle, um Elsa Bescheid zu sagen, dass sie nicht zum Mittagessen kommen würden: Ihr Hotel *Canada* am *Campo San Lio* rief sie wieder, und sein Ruf war diesmal lauter und stärker denn je. Elsa schien am Telefon nicht enttäuscht zu sein, sie hatte außerdem viel zu tun, sie bereitete eine Ausstellung mit ihren Fotografien für eine ausgedehnte Japantour vor.

»Wir müssen es ihnen einfach sagen«, meinte Lidia nach dem kurzen Telefonat.

»Was sagen?«

»Dass wir … uns lieben.«

»Sie wissen's ja längst. Sie sind weder blöd noch blind … Und Jacek zahlt sogar das Hotel – wenn ich dich richtig verstanden habe.«

»Diese Rechnung geht auf meine Kappe. Beleidige mich nicht! Ich lebe in London! Weißt du überhaupt, was *das* bedeutet?«

»Natürlich nicht. Mein Londoner Verleger hat mir noch nie eine einzige Zeile geschrieben.«

Sie gingen zu der *Traghetto*-Haltestelle bei *San Tomà*, und Lidia bemerkte, Andrzej müsse wenigstens einmal mit der Gondel fahren, wenn auch nur kurz beim Übersetzen auf die andere Uferseite des steinernen Stroms, wo es in dem offiziellen Teil Venedigs, dem öffentlichen Salon und Wohnzimmer, ihr geliebtes Hotel und die *Piazza San Marco* gab. Die Überfahrt in der Gondel über den *Canal Grande* kostete für eine Person etwa drei-, vierhundert Lire. *Si pagava in monete*, so Toni Muraro. Und Andrzej fragte sich, wie sich dieses Geschäft für einen Fährmann überhaupt lohnen konnte. Die Arbeit war eintönig, und die Überfahrt, die oft einem Slalom zwischen den Wassertaxis und *Vaporetti* glich, musste schnell gehen, weil die Einheimischen meistens in Eile waren. Den Genuss, in einer Gondel im seladongrünen Lagunenwasser der Hauptader der Stadt unterwegs zu sein, wollte sich Andrzej dennoch nicht verderben lassen, zumal die Perspektive wieder gewechselt hatte: Der steinerne Strom sah noch gewaltiger und irgendwie auch unberechenbarer und gefährlicher aus, wenn man in einer Gondel auf einer der Seitenbänke saß und auf fremde Hilfe, nämlich des Ruderers, angewiesen war.

»Also gut – wir werden es ihnen sagen«, meinte Andrzej, nachdem sie das Fährboot verlassen und den Steg der *Traghetto*-Haltestelle betreten hatten. »Wenn es dir so wichtig ist …«

Lidia schwieg und ließ ihn auf dem Steg stehen, sie beeilte sich, als müsste sie etwas Dringendes erledigen, sie rannte fast, und Andrzej folgte ihr durch die Menschenmenge, in der es keine Eile gab, sodass er sogar wütend wurde.

Was ist denn los, meine Millionärin? Seine Gedanken wurden chaotisch, er dachte auf einmal an Monika und dann an Jacek und wieder an seine Frau und gleichzeitig an die stillen Stunden im Hotel *Canada*. Was mache ich nur hier? Ich sollte für Jacek die Texte für seine Lieder schreiben und nicht seiner hübschen Tochter nachlaufen!

Er ärgerte sich, und die Entfernung zwischen ihm und Lidia wurde immer größer. Er hatte Angst, er könnte sie in den menschenüberfüllten Gassen verlieren – und außerdem wurde er von der Sonne geblendet. Er hatte Sehnsucht nach Schnee und eisigen Winden und einem Wodka aus dem Gefrierfach. In seiner Heimat starben auf den Straßen und in den Fabriken Menschen, denn die Militärs kannten kein Pardon, und er brauchte keine Bestätigung von westlichen Journalisten, dass in seinem Land tatsächlich Blut vergossen wurde. Er wusste, dass es so war und dass ihn seine Gefühle nicht betrogen.

Schließlich verlor er Lidia ganz aus den Augen. Für einen Moment erschien ihm die Lagunenstadt wie ein surrealistischer Ort auf einem fremden Planeten, und er musste sich fast schon in den Arm kneifen, weil er sich selbst fremd und unberechenbar vorkam. Wo bin ich, wo bist du?, fragte er sich. Ist das der Traum von der überfluteten, verlassenen Fabrik aus Tarkowskis *Stalker*? Ich werde verrückt …

Aber dieser kurze Blackout-Zustand verging schnell, und es wurde ihm klar, dass er lediglich in die Richtung der Rialtobrücke zu gehen brauchte. Er würde zu einem unter den Touristen beliebten *Campo* mit Banken, Einkaufsläden, Bars und einem Denkmal gelangen, und dieser *Campo* war eine Art Vorhof der Brücke und diente Andrzej als Orientierungspunkt – von ihm aus war es nur noch ein Katzensprung zum Hotel *Canada* und zu Lidia. Er konnte sich nicht vorstellen, dass sie einfach nach Hause gegangen war. Sie musste auf ihn im Hotel warten, und da sie sich in Venedig besser auskannte als er, hatte sie sehr wahrscheinlich den kürzesten Weg genommen und lag längst auf dem Bett in ihrem Zimmer. Angezogen, traurig, unnahbar.

Plötzlich wurde es osteuropäisch kalt, die Sonne versteckte sich hinter den Wolken, und in den Gassen herrschte eine Kälte, die ihn an seine Heimat erinnerte. Die Boutiquen, Souvenirläden und Kaufhäuser waren proppenvoll, die Touristen und Einheimischen suchten nach schönen Weihnachtsgeschenken. Er beneidete sie, weil sie vergnügt waren und Ruhe ausstrahlten. Sie befanden sich nicht im Ausnahmezustand. Er blieb sogar vor den Schaufenstern eines Juweliers stehen, weil er sich von ihnen – den Glückspilzen – hatte anstecken lassen, und sah sich den Frauenschmuck aus *Murano* an. Ihm gefielen die zierlichen Ohrringe und Halsketten; aber ihm fehlte die Kraft, den Laden zu betreten, um sich den schönsten *Murano*-Schmuck, den er sich leisten konnte, zeigen zu lassen und für Monika etwas Hübsches auszuwählen. Oder für Lidia. Und für Piotruś die Murmeln. Er konnte nicht so tun, als wäre nichts passiert, als wäre der Ausnahmezustand nicht ausgerufen worden und als hätte er Lidia hier in Venedig nicht wiedergetroffen, aber als eine reife junge Frau, die sich nicht scheute, ihn zu lieben und ihm gleichzeitig die Wahrheit zu sagen.

Statt Schmuck und Spielzeug kaufte er in einem *Alimentari* eine Flasche *Martini Rosso*, ein Baguette, etwas Käse und Parmaschinken, und er ertappte sich dabei, dass er diese Einkäufe bereits für sein neues Zuhause gemacht hatte, als ob er schon zusammen mit Lidia eine Wohnung in der Nähe der Rialtobrücke gemietet hätte.

11

In der Rezeption begrüßte man Andrzej auf Englisch und mit einem Lächeln: »*Signora* Lidia ist schon oben auf dem Zimmer!« Er bedankte sich und rauschte an der Empfangsdame vorbei. Er hatte in seiner Nase immer noch den beißenden Geruch aus den Restaurantküchen, der sich in den Gassen lange hielt, obwohl es draußen kalt und feucht geworden war. Er beeilte sich jetzt nicht mehr, er ging träge die Treppe hoch ins erste Stockwerk, er blieb sogar vor der Zimmertür kurz stehen – er musste diesen Moment vor dem ersten Kuss in ihrem Hotelzimmer hinauszögern, den langsamen und unsichtbaren Tod wieder einmal austricksen, denn sobald er in Lidias Arme fiele, würde wieder der Ausnahmezustand eintreten.

»Komm herein!«, hörte er Lidia plötzlich rufen, und als er die Tür öffnete, empfing sie ihn mit einem Lächeln im Gesicht. Sie war halb nackt und trug nur ihren langen violetten Rollkragenpullover, den sie zur Not auch als Kleid anziehen konnte. Ihre nackten Beine und Füße sehnten sich nach ihm und seinen Küssen, Andrzej spürte schon die Kälte ihrer Haut auf seinen Lippen. Er ließ die *borsa* mit den Einkäufen an seinem rechten Hosenbein auf den Boden gleiten, kniete vor Lidia nieder und drückte seine Nase in ihren Schoß. Ihr Hintern war kalt und ihre Yoni feucht und warm.

»Ich habe Schritte gehört und dachte mir schon, dass du es bist!«, sagte sie. »Ich wollte gerade duschen.«

»Warum bist du weggelaufen?«

»Mir war kalt.«

»Du lügst.«

»Ja, ich lüge. Weil ich dich liebe. Und weil du mich verlassen wirst.«

»Ich möchte nicht, dass du jetzt duschst. Ich möchte dich hier und jetzt lieben, ohne Rücksicht auf Verluste.«

»Dann müsste ich die Pille absetzen.«

»Dann setz sie ab.«

»Du bist verrückt. Dein Land braucht dich. Du erinnerst dich doch daran, was dir der *Barone* Eduardo gesagt hat. In diesem einen Punkt war er klug: Wer ein Dichter ist, darf sein Vaterland nicht verlassen.«

»Lidia, *Lido*, Lidzia!«, antwortete er. »Ich werde dich nicht verlassen.«

»Erzähl das bitte heute Abend deinem Freund Jacek. Und damit wir uns klar verstehen. Erzähl mir nichts von Monika. Von deiner Ehe. Von eurer Erfahrung. Ich bin jung. Ich möchte diesen Dreck der Vergangenheit nicht hören.«

»Du bist gemein.«

»Findest du? Warum begehrst du mich dann?«

»Weil du …«

»Siehst du, einem Dichter fehlen die Worte. Weil du auch den Dreck der Vergangenheit hasst.«

»Ich kann mich vor dir nur verneigen!«

»Das will ich hoffen. Jetzt schau, was es bedeutet, jung zu sein!«

Lidia zog ihren Pullover aus und warf ihn auf das Bett. Ihren weißen Büstenhalter behielt sie an, weil sie wusste, dass Andrzej es mochte, wenn es noch ein kleines Geheimnis gab, das vielleicht gar nicht entdeckt werden wollte. Und sie ließen sich beide auf die Matratze fallen – zwei Sterne hatte das Hotel, gerade mal zwei Sterne am Himmel über Venedig, und mit Jaceks Geld hätten sie am *Lido* im *Des Bains* jeden Tag residieren, *Prosecco* trinken und Pläne für die Zukunft schmieden können. Aber die zwei Sterne gehörten nur ihnen, so wie der süßlich-säuerliche Geschmack ihrer feuchten Körper. Andrzej küsste Lidia auf den Büstenhalter, dann auf den Bauch und zwischen ihren Beinen, wo sich das nächste Geheimnis versteckte. Er liebte Lidias Yoni, und er war nicht darauf gefasst, dass sie dort kahl wie die Wüste sein könnte. »Warum hast du das getan?«

»Ich hab's für dich getan, heute Morgen.« Sie sprach leise und drückte seinen Kopf zwischen ihre Beine. »Ich schenke dir meinen jungen Körper, verstehst du?«

12

Sie gingen am Abend über die Rialtobrücke nach Hause zu Lidias Eltern. Der Tag hatte sich nach Ladenschluss beruhigt, die Kälte verzogen, und ein mildes blaues Licht versuchte, den *Canal Grande* zu erobern. Doch die *Vaporetti* und die Wassertaxis verhinderten dieses Vorhaben, ihre Beleuchtung reichte dafür völlig aus, und schon wechselte die Brücke ihre Farbe wie ein Reptil und leuchtete grün, zumal in den Palazzi und Hotels die Lichter ständig an- und ausgingen. Das Mäandern der Farben hörte selbst in den Gassen nicht auf, und die schmutziggelben Lichtkegel und -kronen der Laternen und die bröckelnden Fassaden besaßen für Andrzej etwas Vertrautes: So melancholisch und traumversunken kannte er nicht nur die nächtlichen Straßen von Kętrzyn, so sah auch Krakau aus, wenn man im späten Herbst in die Seitenstraßen der Altstadt auswich, um für eine spontane Feier etwas zu trinken und zu essen aufzutreiben. Und überhaupt: Wann würde er Lidia endlich von Krakau erzählen? Im nächsten Leben?

Andrzejs Vermutung hatte sich bewahrheitet: Weder Elsa noch Jacek waren überrascht, als er ihnen am Küchentisch sagte, dass er Lidia liebe und sie seine Liebe erwidere. Er hatte sich nicht einmal ein wenig Mühe gegeben und auf einen passenden Moment gewartet, um seine Freunde behutsam einzuweihen. Die Wahrheit war aus ihm plötzlich herausgesprudelt gekommen, diese öffentliche Liebeserklärung an Lidia. Zwischen einem Glas Rotwein und den Jakobs- und Scheidenmuscheln war es geschehen, mitten im Gespräch über die neuesten Nachrichten aus Polen, die Jacek im Radio *Free Europe* gehört hatte.

Lidias Gesichtsausdruck würde Andrzej nie vergessen, nachdem er den Wunsch ihrer beider Herzen losgeworden war. Sie schien stolz auf ihn zu sein, ihre Wangen und ihre Ohrläppchen hatten sich für Sekunden knallrot gefärbt, und ihre Augen strahlten.

»Also, dann ist ja alles klar«, meinte Jacek. »Du wirst am Montag den Asylantrag stellen, Elsa und ich helfen dir dabei … Und ich hab leider keine so guten *news* … für dich und uns. Angeblich gab es in Schlesien die ersten Todesopfer – in einem der Kohlenbergwerke. Obschon diese Informationen noch nicht bestätigt sind. Es scheint so, als würden die Kumpel streiken … Ich hab auch versucht, meinen Bruder in Warschau anzurufen. Leider hat die Verbindung wieder nicht geklappt. Einmal hörte ich die Warnung: *rozmowa kontrolowana*, dann brach die Verbindung ab! *Controlled call! What the fuck!? We are in Venice!*«

»Andrzej! Und Monika? Und dein Sohn? Was wird aus deiner Familie?«, fragte Elsa; sie war übernervös – Andrzej kannte sie so in diesem Zustand gar nicht. »Ich will nur damit sagen, dass ihr euch Zeit lassen solltet: für die Überprüfung eurer Liaison, versteht ihr? Ich freue mich für euch, aber lasst euch Zeit ... Ihr solltet nichts überstürzen! Na ja, wahrscheinlich rede ich Quatsch!«

Elsa sprach wie Jacek auf Deutsch und machte dabei ein freundliches Gesicht.

»Wir wissen, dass wir uns ... lieben, und das reicht uns erst einmal«, antwortete Lidia, als wollte sie ihren polnischen Liebhaber in Schutz nehmen. »Vielleicht wird es aber sogar Jahre dauern, bis wir endlich eine konkrete Entscheidung treffen.«

»Andrzej kann doch seine Familie nach Italien holen – irgendwann, sobald sich die Lage in seinem Land ein wenig beruhigt hat«, sagte ihre Stiefmutter. »So wären sie wenigstens in Sicherheit. Ob er dann auch noch den treuen Ehemann spielen will, ist seine Sache ...«

»Ihr seid alle so liebenswürdig und verrückt zugleich«, lachte Andrzej, der auf Polnisch antwortete und von Lidia simultan übersetzt wurde. »Mir sind doch die Hände gebunden. Ich kann im Moment gar nichts tun. Egal, wie ich mich entscheide: Alles wird falsch sein.«

»Dann bring dich doch um, spring von der Rialtobrücke in den *Canal Grande* und lass dich ins offene Meer treiben ...«, sagte Jacek. »Unser Land wird sich freuen – ein Dichter weniger, und Lidia wird sich freuen …«

»Und Monika auch«, antwortete seine Tochter, nachdem sie wieder alles übersetzt hatte.

»Jetzt lasst doch mal den Andrzej in Ruhe!«, sagte Elsa. »Ich glaube ihm, dass er Lidia liebt. Aber unsere Schönheit aus London muss niemandem etwas beweisen. Eine neue Affäre und Enttäuschung kann sie wirklich nicht brauchen.«

»Elsa, ich bin geheilt«, wehrte sie sich. »Und ich weiß es zu schätzen, wie sehr du dich um mich sorgst!«

Andrzej, der irritiert war, weil man die ganze Zeit von ihm in der dritten Person gesprochen hatte, sagte: »Schuld hat die verdammte Ausnahmezustand nur!«

Fünftes Kapitel

1

Andrzej gönnte sich zusammen mit seinem Freund in dessen Studio den gewohnten letzten Drink, einen Whiskey mit Eiswürfeln vor dem Schlaf. Sie rauchten eine Zigarre und unterhielten sich unbefangen in ihrer Muttersprache. Jacek sagte: »Du hast keine Wahl. Du musst in Venedig bleiben. Und Lidia wirst du nach einem halben Jahr oder so vergessen. Sie ist viel zu jung für dich, außerdem kein Spielzeug, und der Ausnahmezustand in Polen hat euch beide in eine hysterische Stimmung getrieben: Ihr seid doch viel zu stark und zu klug, um sich einem – ich drücke es mit Vorsicht aus – romantischen Abenteuer völlig auszuliefern.« Vom Tonband lief leise Musik, die Jacek in den letzten Tagen komponiert und in seinem Studio mit Bratschisten und Geigern aufgenommen hatte. »Zu Anfang habe ich mir Sorgen um Lidia gemacht«, fuhr er fort und verwickelte sich mehr und mehr in Widersprüche, die Andrzej zum Grinsen brachten. »Aber jetzt freue ich mich sogar für euch beide, denn gegen ein Liebesabenteuer ist grundsätzlich ja nichts zu sagen! Doch ich hoffe, dass ihr irgendwann einseht, wie lächerlich die ganze Geschichte ist …«

»Lächerlich?«, wunderte sich Andrzej und wurde wütend; sein Freund aber beachtete ihn nicht und setzte seinen Monolog fort:

»Ich muss wohl für meine Dummheit und meine Fehler, die ich in der Vergangenheit gemacht habe, einen hohen Preis zahlen: für Monika, die ich dir stehlen wollte, und für meine Frau, die bei dem schrecklichen Autounfall umgekommen ist und die ich nicht geliebt habe.«

»Du hast zu viel getrunken. Siehst du Lidia als eine Art Opfer an? Opferst du mir deine Tochter auf einem Altar?«

»Und wenn schon? Sie ist mein Blut ... Und sie ähnelt mir so sehr, manchmal ist es erschreckend für mich, wie sehr ...«

»Du hast recht, ich muss damit klarkommen, dass sie mich manchmal an dich erinnert, in ihrer Hitzköpfigkeit und Gestik, wenn Lidia eine Geschichte erzählt und anfängt, mit den Fingern in der Luft Kreise zu malen.«

»Und Monika? Liebst du sie nicht mehr?«

»Wenn das so einfach wäre ...«, sagte Andrzej. »Natürlich liebe ich sie. Oder besser gesagt: Ich liebe unsere alte Liebe, denn wir haben uns zwei Parallelwelten aufgebaut. Monika okkupiert ihr Krankenhaus, in dem sie als Kinderärztin beschäftigt ist, und ich sitze von morgens bis abends in meinem Kulturhaus, organisiere Veranstaltungen und schreibe und lese Bücher, und viele Abende bin ich mit den Künstlern, Musikern und Schauspielern zusammen, die uns in Kętrzyn besuchen. In Monikas Haut möchte ich nicht stecken. Sie bekommt mich kaum zu Gesicht. Immer öfter verreise ich auch ... Ich werde eingeladen, obwohl meine Gedichte in Polen nicht mehr gedruckt werden dürfen, zumindest offiziell.«

»Mit anderen Worten: Du vergeudest dein Talent«, sagte Jacek. »Aber das wird sich nun ändern: In Venedig wirst du neue Energie tanken, sozusagen in der Hölle des Markuslöwen!«

Andrzej war schon dabei, ihm eine ernüchternde Antwort zu geben, da richtete sich seine ganze Aufmerksamkeit auf Lidia, die plötzlich in der Tür stand: in einem Bademantel und barfuß, mit zugezogenem Gürtel und ausladendem Dekolleté. Sie lehnte sich an den Türrahmen und sah aus, als wollte sie sich beschweren, dass ihr Mann immer noch nicht gedenke, endlich mit der Trinkerei aufzuhören, nach Hause zu gehen und in das warme Ehebett zu springen. Ihre Miene verriet zumindest nichts Gutes. Sie schwieg, blickte Andrzej an und ließ sich von ihrer lasziven Stimmung treiben. Lidia blieb in der Tür stehen und sagte schließlich: »Redet mal ruhig weiter! Ich störe euch hoffentlich nicht! Die Musik könnte allerdings besser sein: auf Kate Bush hätte ich jetzt Lust ...«

Lidia ist wunderschön, dachte Andrzej, sie zu verlieren, wird genauso schlimm sein, wie wenn man ein Manuskript mit neuen Gedichten verliert ... Er hatte diesen Albtraum schon einmal erlebt: Im Zug von Wrocław nach Poznań war es passiert, das Manuskript tauchte nicht mehr auf, weder im Fundbüro der Polnischen Staatlichen Eisenbahnen *PKP* noch in seinem Briefkasten. Wahrscheinlich hatte eine Putzkraft der Eisenbahn die Papiere im Zug gefunden und in den Müll geschmissen. Zwei Jahre Arbeit waren umsonst gewesen, und nur wenige Gedichte und Zeilen hatte er rekonstruieren können. Sollte also auch Venedig am Ende nur eine Erinnerung – Lidia, *Lido*, Lidka – werden?

Andrzej begriff nicht, warum seine Kollegen Romane schrieben – er begriff noch weniger, warum Gedichte verloren gingen. Aber er wusste, dass Lidia größer war als alles, was jemals geschrieben worden oder verloren gegangen war.

2

In dieser Nacht mussten sie sich vor neugierigen Augen nicht mehr verstecken. Am frühen Morgen wechselten sie nur den Raum und gingen in das *Mezzanino* zum Ausschlafen, damit Jacek in seinem Studio wieder arbeiten konnte. Der wandernde Spiegel stand immer noch an der Wand, er musste endlich an seinen alten Platz zurückkehren, und Andrzej wollte nach dem Frühstück diese Aufgabe zusammen mit seinem Freund übernehmen. Seltsamerweise hatte Elsa die Wanderung der Spiegel nicht mehr weiter kommentiert, auch nicht die Tatsache, dass in ihrem Studio der Spiegel wieder an seinem angestammten Platz hing. Andrzej wurde von der Situation in Polen und von den Ausflügen mit Lidia gänzlich in Beschlag genommen, genauso wie vom Warten auf eine freie Telefonverbindung nach Kętrzyn. Und sein Visum schmolz dahin.

Andrzej konnte nicht einschlafen. Er lag mit unterm Kopf verschränkten Armen und lauschte, ob der schmale Kanal unterm Fenster des *Mezzanins* nicht irgendwelche Geräusche von sich gab. Konnte er sprechen? Zwischen fünf und sechs Uhr in der Frühe hörte man manchmal laute Männerstimmen und das Ausladen der Barken, die den Fischmarkt und die *Alimentari* belieferten, aber all die Geräusche kamen aus weiter Ferne. Seltsam, dachte er, so klein und bescheiden ist der Schritt zur Freiheit und zu einem neuen Leben, das ich hier ohne Monika und unseren kleinen Sohn Piotruś anfangen könnte; ich stecke auf dieser Insel fest und komme nicht voran, die Republik der Liebe und Freiheit ist ein wunderbares Gefängnis, aus dem man nie wieder rauskommt.

Er beobachtete Lidias Gesicht, das Zucken ihrer Augenlider und die Atmung ihrer Brust, die sich langsam und leicht hob und wieder senkte. Er durfte Lidia jederzeit wecken und seine Hand auf ihren Bauch oder ihre Brüste legen, und sie würde nicht protestieren, weil sie verliebt war. Andrzej schmiegte sich an ihren warmen Körper und küsste Lidias Brüste. Nur der Spiegel, der an der Wand lehnte, störte ihn, weil Andrzej sich von ihm beobachtet fühlte – und von den Ertrunkenen und Dibbuks aus dem steinernen Strom.

3

Lidia war noch im Badezimmer, das Frühstück ließ noch ein Weilchen auf sich warten, Elsa werkelte bereits in der Küche herum, und ihr Mann, der wie immer am Vormittag seine gemütliche Honoré-de-Balzac-Hausjacke trug, war in seinem

Studio und experimentierte bereits mit den Reglern der Synthesizer und mit den Algorithmen auf dem Papier. Diese Gelegenheit wollte sich Andrzej nicht entgehen lassen und verzog sich deshalb zum Telefonieren ins Arbeitszimmer von Elsa. Und diesmal hatte er auch endlich Glück – die Verbindung klappte schon nach dem dritten Wählen, und die Nachbarn holten Monika ohne Wenn und Aber ans Telefon; angesichts der Angst vor dem Militär und der Miliz und der Schikane hätten sie auch einfach auflegen können, nachdem sie Andrzejs Stimme gehört hatten.

»*Rozmowa kontrolowana!*«, ertönte es immer wieder im Telefonhörer, als wäre dieser Satz eine Art böse Beschwörung. Wer belauschte ihr Gespräch? Die Zentrale in Warschau? Der General Siwicki? Oder gewöhnliche Soldaten, die in Kętrzyn unweit der Wolfsschanze, der zerstörten Bunkeranlage Adolf Hitlers, ihren Wehrdienst leisteten?

»Die Schulen sind geschlossen«, sagte Monika, die ihm erklärte, dass sie heute im Krankenhaus Spätdienst hätte. »Der Kleine ist bei deiner Mutter. Er fragt oft nach dir.«

»Ja.«

»Kommst du am Montag zurück?«

»Ja.«

»Sie waren hier, nachts … In der ersten Nacht zum Sonntag.«

»Wer? Sie?«

»Sie. Und wollten dich mitnehmen.«

»Sie wissen doch, wo ich bin.«

»Offensichtlich nicht.«

»*Rozmowa kontrolowana!*«, sagte der schlaue Automat wieder.

»Kommst du wirklich zurück? Besser nicht … Wir schaffen es …«

»Was?«

Das Gespräch brach in diesem letzten und entscheidenden Moment ab, denn es war noch nicht alles gesagt worden. Immerhin: Monika war gesund, der Kleine auch, und sie arbeitete wieder in ihrem Krankenhaus. Krankenhäuser und Polikliniken mussten arbeiten. Und wenigstens diese paar guten Nachrichten konnte er an seine Gastgeber weiterleiten. Er wählte zwar noch einige Male die Telefonnummer in Kętrzyn, kam jedoch nicht mehr durch.

Andrzej hatte seiner Frau auch gesagt, dass er am kommenden Montag auf jeden Fall nach Polen zurückfliegen würde, aber das war nun gar nicht so sicher, weil das Militär Zivilflüge verboten hatte und den Luftraum über Polen überwachte, und die Grenze an der Oder war geschlossen – nur Ausländer durften ausreisen. Wie es sich mit der Einreise mit dem Zug oder einem Pkw verhielt, würde er bald selbst erleben. Er dachte darüber nach, ob er zunächst nach Westberlin fliegen und von dort mit dem Zug in seine kranke Heimat weiterfahren sollte. Fragen über Fragen.

Andrzej bat Elsa um noch einen Anruf, denn diesmal musste sie das Gespräch übernehmen, sie sprach nach drei Jahren in Venedig genügend Italienisch, um sich mit ganz normalen Venezianern unterhalten zu können. Also telefonierte sie für ihn.

Am Flughafen *Marco Polo* hieß es, dass ab der nächsten Woche die Flüge nach Warschau wieder aufgenommen werden würden, bestätigen wollte man dies aber nicht. Viel Zeit zum Nachdenken blieb ihm nicht mehr: Ich werde von Venedig ganz einfach nicht loskommen, werde hier versauern und mir auf der Friedhofsinsel ein warmes Plätzchen zum Liegen suchen müssen.

Am Frühstückstisch musste Andrzej rasch von seinem halb gelungenen Anruf berichten, weil alle neugierig waren, und er tat es im Eifer des Gefechts in seiner Muttersprache und ohne es zu merken, denn Lidia konnte für ihre Stiefmutter, die höllische Geduld bewies, wie immer alles übersetzen, so auch die Antwort ihres Vaters, der seinem Freund entgegenkommen wollte und ebenso Polnisch sprach.

»Aber wenigstens habt ihr endlich miteinander geredet«, quittierte Jacek die Bemühungen seines Freundes, sich über den Ausnahmezustand in Polen und über die Lage seiner Familie endlich Klarheit verschaffen zu wollen. »Monika ist jetzt bestimmt ruhiger …«

»Es sieht nicht gut aus …«, antwortete Andrzej. »Vielleicht muss ich mit dem Zug nach Hause fahren. Sie werden mich an der Grenze schon nicht umbringen, sie müssen mich hereinlassen … Allerdings hat Monika auch angedeutet, dass es womöglich besser wäre, nicht zurückzukehren.«

Sie redeten noch eine Weile über das Kriegsrecht und die Grenzkontrollen, während Lidia ihre Freude nicht verbergen konnte; sie war wirklich froh darüber, dass ihr Liebhaber wohl keine andere Möglichkeit hatte, als in Venedig zu bleiben.

Und da Andrzej des seit Tagen andauernden Gesprächs über seine Zukunft überdrüssig geworden war, fragte er Elsa nach dem wandernden Spiegel in ihrem Studio, warum er denn wieder an der Wand hänge, ob sie es nicht gemerkt oder eher zusammen mit Jacek das Zimmer wieder so hergerichtet habe, wie es ursprünglich gewesen sei. Sie tranken alle am Küchentisch Espressokaffee, und die süßen österreichischen Croissants, die Jacek aus seinem Lieblingscafé geholt hatte, machten nun zum Abschluss des Frühstücks die Runde. Elsa antwortete ihm in für sie typischer Weise, sie begann, eine Geschichte zu erzählen, und wählte jedes Wort mit Bedacht: »Ja, in meinem Studio hängt er wieder, der Wanderspiegel, und ich habe mich schon gefragt, ob ihr mich vielleicht nicht überraschen wolltet. Deshalb habe ich geschwiegen. Ich habe auf eure Erklärung gewartet. Aber ihr habt auch geschwiegen. Ich erinnere mich nur daran, was mir meine Großmutter erzählt hat: nämlich dass der Spiegel in ihrer Wohnung von allein an seinen alten Platz zurückgekehrt sei, als wäre er kein Geist, sondern ein lebendiges Tier. Die Synagogen brannten da nicht mehr. Und im *Mezzanino*, lieber Andrzej, steht dein Spiegel immer noch an der Wand. Du müsstest dich fragen: warum eigentlich?«

»Mein Geschichte hat nicht Ende!«, meinte Andrzej und lachte.

»Das Ende müssen wir noch erfinden«, sagte Lidia.

» … ist doch alles Quatsch, was ihr da aufzutischen versucht!«, ärgerte sich Jacek, der wie Elsa ein Atheist war. »Irgendwelche dummen und eingebildeten Geister und Götter und Teufel kommen mir nicht ins Haus! Nicht bei uns! Es muss eine logische Erklärung geben. Und ich werde euch sagen, was passiert ist: Andrzej, dieser Mordskerl, ist zu allem fähig, wenn er was getrunken hat. Ich hab schon einmal in Warschau gesehen, wie er drei kräftige Männer in einem Klub nach Strich und Faden vermöbelt hat«, freute sich Jacek und wandte sich endlich direkt an seinen Freund: »Und da du nun eine schwere Zeit durchmachen musst, weißt du gar nicht, was du nachts angestellt hast. Du bist in deinem Delirium aufgestanden, hast geträumt und bist träumend durch die Wohnung gewandert. Du hast dich im Traum gegen den Ausnahmezustand gewehrt – und gegen die schwere Entscheidung, die du treffen musst. Deshalb hast du die beiden Spiegel von der Wand genommen – auch aus dem Grund, weil du dir in ihnen dein Gesicht und deinen Untergang nicht anschauen konntest. So einfach ist das, mein lieber Freund! Wir sind in Venedig! Hier passieren nun mal ungewöhnliche Dinge. In meinem ersten Jahr in der Lagunenstadt war ich schwer krank geworden, hatte starkes Fieber ... Mein Körper musste sich komplett umstellen: dem Wetter und den Bakterien und den Viren der Lagune anpassen ... Der starken Sonne trotzen!«

»Vielleicht hast du recht – ich kann mich aber nicht daran erinnern, dass ich nachts betrunken gewandert sei und irgendwelche Sachen umgestellt oder abgehängt hätte«, antwortete Andrzej.

Lidia, die weiterhin alles übersetzte, konnte ihr Lachen nicht mehr unterdrücken: »Und ich hab ihm dabei geholfen! Alles klar!«, kommentierte sie die Erklärung ihres Vaters.

Elsa aber antwortete: »Natürlich ist das alles dummes Zeug! Ja, Jacek hat recht. Und trotzdem kann mir niemand erklären, was hier eigentlich los ist!«

»Elsa: Bist du übergeschnappt? Deine Frankfurter Großmutter hat auch behauptet, Stimmen von Verstorbenen hören zu können!«, ärgerte sich Jacek. »Mir ist außerdem eingefallen, dass vor ein paar Wochen der Hausmeister unsere Wände abgeklopft hat: warum, weiß ich nicht mehr. Ihn muss man aber fragen! *For God's sake! Czary-mary! Ale nie w moim domu, cholera jasna!*«

»Jacek, sprich vernünftig mit mir«, sagte seine Frau. »Ich kann doch kein Polnisch ...«

»Elsa, gefällt dir meine Übersetzung nicht mehr?«, fragte Lidia. »*Czary-mary* heißt Abrakadabra ...«

»Lidka! Ich brauche keinen Dolmetscher!«, ärgerte sich ihr Vater.

Elsa sagte: »Na ja, so verrückt kann meine Großmutter auch nicht gewesen sein: Immerhin hat sie den Holocaust vorhergesagt und überlebt – im Gegensatz zu ihren Schwestern, die geköpft wurden ...«

»Das bestreite ich doch nicht! Und meine Großmutter hat den Warschauer Aufstand nicht überlebt ...«, sagte Jacek.

Ihr Streit dauerte noch lange und amüsierte Lidia, weil sie es liebte, wenn ihre Eltern anfingen zu vergleichen, wessen Familie psychisch gesünder – normaler – gewesen sei. Und Andrzej bewunderte seinen Freund – und auch Elsa. Sie lebten in einer Stadt, in der es auf engstem Platz mehr als achtzig Kirchen gab, aber sie liebten die Bücher von Jean-Paul

Sartre und waren beinharte Atheisten. Jacek arbeitete sogar schon seit Jahren an einer *Opera*, die dem Werk von Charles Darwin gewidmet war und den Titel *Darwins Passion* trug. Jacek hatte den Darwinismus aus England mitgebracht, seine Sympathie für die Linke aus der alten Studienzeit in Warschau, als er die kritischen Essays über den Marxismus von Leszek Kołakowski gelesen hatte. Aber in seinem Palazzoapartment wirkte seine Philosophie eher ernüchternd, und Andrzej entdeckte im Westen einen neuen Menschentypus: den gebildeten, mit den Linken sympathisierenden und wohlhabenden Künstler, der an die Idee des Sozialismus und nicht an dessen sowjetische Variante glaubte, obwohl dieser Typus wie ein Geschäftsmann funktionierte und finanzielle Unabhängigkeit anstrebte. Und trotz allem: Von wandernden Spiegeln hatte er keine Ahnung.

4

Das Gespräch am Küchentisch über wandernde Spiegel, Geister, Götter, Marxisten oder über den Ausnahmezustand wurde durch einen Anruf des Malers Toni unterbrochen, der Lidia und Andrzej sein neues Atelier, das *Cinema One-Man-Show*, zeigen wollte. Er sagte am Telefon, dass er sie mit seinem Motorboot abholen und spätestens in einer halben Stunde unten im Kanal am *Campo Santa Maria Mater Domini* eintreffen werde; sie sollten dort auf ihn warten.

»Stimmt! Heute ist Donnerstag, und wir wollten Tonis Atelier besichtigen!«, sagte Lidia, die es plötzlich eilig hatte: »Komm, wir gehen schon mal nach unten und trinken im Café einen *Sprizz* oder *Martini* …«

Als sie im Café ihre Drinks bestellten, fuhr sie fort: »Verzeih mir, aber ich kann die beiden Hippies manchmal nicht mehr ertragen … Sie sind liebenswert, doch ich hatte plötzlich Lust, mit dir allein zu sein und dir einen Kuss zu geben …«

Und er bekam auch einen Kuss, der vom *Aperol Sprizz* saftig und bitter schmeckte. Lidia sah überwältigend jung und kräftig aus, und dieser gesunde und schlanke Körper brachte ihn um den Verstand. Andrzej wusste, dass er die Tochter seines Freundes mehr liebte als jede andere Frau bisher und dass der kurze Augenblick im Café, die Metapause, ihn nie mehr loslassen würde.

Sie hatten in Eile ihre Drinks getrunken, standen nun direkt vor den Caféfenstern und hielten Ausschau nach Toni.

»Du willst also am Montag nach Hause zurückfahren?«

»Lass uns heute nicht mehr darüber sprechen«, bat er.

Wenig später saßen sie schon in Tonis Motorboot, der den kürzesten Weg wählte, und dieser ging über den *Canal Grande* und dann über den Stadtteil *Dorsoduro*, den man passieren musste, wenn man in der Weinschenke *Già Schiavi* eine kurze Pause einlegen wollte, um anschließend zur *Giudecca* weiterzufahren, der langgezogenen Insel, die einer herausgestreckten Zunge ähnelte und immer öfter Zeugin von Besuchen teurer Jachten wurde, deren Besitzer Venedig zu erobern versuchten.

In der *Cantine del Vino già Schiavi*, der altgedienten Bar, war Toni kein Unbekannter, und die moderaten Preise für edle Weine und die Qualität der Hausweine sowie die stets frischen Antipasti machten die *Cantine* auch für die auswärtigen Besucher zu einem begehrten Treffpunkt, was sicherlich auch daran lag, dass die Weinschenke direkt an einem Kanal lag und man mit seinem Glas vor die Tür gehen, eine Zigarette rauchen und ins Wasser spucken konnte; dabei war die *Cantine* ein altes dunkles und bis an die Decke mit Kartons und Kisten vollgestelltes Kellerloch, das schon viel gesehen und erlebte hatte, und die dunkelbraune Einrichtung und Holzvertäfelung erinnerten eher an eine Bar aus einem kitschigen Westernfilm.

Andrzej besuchte das Lokal schon zum dritten Mal in diesen elf Tagen seines Aufenthaltes in der Lagunenstadt. Jedenfalls mochte er die *Cantine* sehr, weil er sich in deren Räumen heimisch fühlte, als wäre er ein alteingesessener Venezianer. Und an diesem Morgen war es bereits der zweite Aperitif innerhalb kürzester Zeit, sodass Andrzej und Lidia ein wenig zu träumen begannen: Badestrand, kalte Drinks, keine Termine, Liebe im Hotel *Canada*. Mit Tonis Ankunft und seiner persönlichen Betreuung war auch die Ruhe, die Andrzej so dringend für seinen Verstand und sein Herz brauchte, zurückgekehrt. Er hatte seinen rechten Arm um Lidias Rücken gelegt – auf der Höhe ihrer Hüften – und hielt in der linken Hand ein Glas *Martini Bianco*. Lidia wirkte nach wie vor entspannt, sie sagte: »Toni – ich muss dich etwas fragen: Andrzej könnte doch in deinem Atelier wohnen, du hast viel Platz in deinem *Cinema*, was hältst du davon? Unter der Voraussetzung natürlich, dass er nächste Woche Venedig nicht verlässt.« Sie hatte das auf Deutsch, Tonis Lieblingsfremdsprache, gefragt.

Der Maler blickte sie lange an, seine blauen Augen sahen immer etwas verweint aus, er trug eine Brille mit starken Gläsern. Er strich sich einmal mit dem rechten Zeigefinger über den Schnurrbart, nahm einen Schluck von seinem *Aperol Sprizz* und sagte: »Das ist alles nicht so einfach. Asylanten stecken sie immer in ein Heim, damit sie nicht auffallen und nicht stören, aber Andrzej ist ein bekannter Dichter, vielleicht macht die Regierung bei ihm eine Ausnahme, und Jacek kennt einflussreiche Politiker und Geschäftsleute, ihm wird sicherlich etwas einfallen … Bei mir kann dein Freund problemlos ein Zimmer bekommen, selbstverständlich: Die Porträts meiner Eltern würde ich in diesem Raum abhängen. Aber jetzt lasst uns weiterfahren.«

Sie sprachen beide die ganze Zeit auf Deutsch, und Andrzej meinte, nicht alles verstanden zu haben, was ihm jedoch keine Sorge machte. Immerhin konnte er wenigstens die Gläser wegbringen, zumal der Maler die Drinks bezahlt hatte.

»*Grazie*, Toni«, sagte er, als er mit Lidia in das Motorboot stieg. Sie waren warm angezogen, die Sonne brannte zwar prächtig am hiesigen Himmel und erhellte jeden Winkel, doch sie ergoss sich nicht heiß, sondern winterlich-sparsam über die Inseln Venedigs: In der Stadt, insbesondere am Wasser, war es kalt und ein wenig windig. Den *Canale della Giudecca* zu überqueren, war angesichts des dichten Schiffs-

und Bootsverkehrs sowieso gefährlich – jedenfalls würde es bestimmt keine Segelfahrt in der sommerlichen Sonne werden; für eine so zart gebaute Holzjolle war der Wellengang schon eine Herausforderung. Andrzej war es nach wie vor unbegreiflich, dass sein Freund Jacek nicht schwimmen konnte und praktisch jeden Tag mit einem Wassertaxi oder dem *Vaporetto* unterwegs war, dem Ertrinken so nah.

Toni ist ein guter Skipper und Motorbootsführer, da dürfte eigentlich nichts schiefgehen, dachte Andrzej, der auf der mittleren Bank neben Lidia saß. Sie trug wieder ihren wollenen Rock, darunter honigfarbene Strumpfhosen und hohe schwarze Winterstiefel und auf dem Kopf eine Wintermütze, die ihre Ohren verdeckte. Die Überfahrt machte ihr Freude, und Andrzej dachte daran, dass er Lidia allmählich zu vermissen begann, obwohl sie noch neben ihm hockte und im Wind und in der kalten Dezembersonne der Lagune zufrieden strahlte.

Nach einer Viertelstunde erreichten sie die Insel mit ihrer kilometerlangen Uferpromenade, und Toni steuerte sein Motorboot unter einer Brücke hindurch, um zu einem versteckten Jachthafen zu gelangen. Dort fand er schnell eine Anlegestelle, und die Besichtigung seines Ateliers konnte endlich in Angriff genommen werden.

Sie gingen zu der Brücke zurück, bogen nach links ab und gelangten auf die steinerne Uferpromenade der *Giudecca*, von der aus die Mutterinsel Venedig mit ihrem Stadtteil *Dorsoduro* wie auch die *Giardini* und selbst der *Lido* in der Ferne zu sehen waren. Eine perfekte Lage, dachte Andrzej, und so ruhig hier – ich bin begeistert! Den Ausblick auf die Stadt und die Lagune und in der Lunge die frische Luft empfand er als Belohnung für all die schweren Gespräche bei Elsa und Jacek am Morgen. Seine Gastgeber waren ihm wohlgesinnt, aber sie drängten ihn zu einem gewaltigen Schritt, vor dem er sich ängstigte. Sie wollten ihn gegen seinen Willen glücklich machen – wie der sozialistische Staat. Dabei würde er am meisten seinen siebenjährigen Sohn vermissen, das stand schon mal fest … Piotruś war am 1. September eingeschult worden. Wer würde nun mit ihm die Hausaufgaben machen? Andrzej spürte einen Schmerz in seiner Brust, wenn er daran dachte. Ein Bild ging ihm nicht aus dem Kopf: Piotruś sitzt allein am Küchentisch und braucht Hilfe in Mathematik oder Erdkunde, aber sein Vater kann ihm nicht helfen …

Welche Liebe war stärker und wichtiger?, fragte sich Andrzej, diejenige zu Lidia oder zu seinem Sohn? Sie ließen sich beide nicht vergleichen, und trotzdem fochten sie miteinander bereits einen Kampf aus, der Andrzej aussichtslos zu sein schien.

Nach wenigen Metern kamen sie zu Tonis *Cinema One-Man-Show*, einem ehemaligen Kino, das vor sich hin verfiel: Die Fassade und die Eingangstür sowie die Schaukästen an der Außenmauer mussten dringend renoviert werden. Der Eingang war mickrig und eines Kinos nicht würdig, doch als sie in das Gebäude traten, eröffnete sich dem Neuankömmling ein beeindruckender Anblick: Plötzlich stand man in einer schwarz gestrichenen Vorhalle, die dem Maler als Küche, Werkstatt und Schlafraum diente. Dann gelangte man in einen ebenso schwarzen Korridor, der in den Kinosaal führte und eine Art Galerie darstellte: Diese nannte Toni den *Hallengang der Könige und Königinnen*. An den Wänden des schlauchförmigen und gut ausgeleuchteten Flurs hingen nämlich zahlreiche Porträts von allen bisherigen Besuchern des *Cinemas*, die er fotografiert hatte. Und der Betrachter konnte an den Fotos und Gesichtern nicht gleichgültig vorbeigehen, er blieb sofort neugierig stehen und betrachtete voyeuristisch Tonis Könige und Königinnen.

»Jeder, der mich besucht, muss sich verkleiden und auf der Kinobühne auf den Königsthron setzen«, erklärte der Maler. »Ich habe unzählige Theaterrequisiten und Kleider gesammelt – jeder wählt die Sachen, die zu ihm passen. Und von euch mache ich auch ein Foto!«

Lidia war entzückt, sie erkannte auch ein paar Freunde wieder, und ihr Vater machte als König von Polen gar keine schlechte Figur: Er hatte auf dem Kopf statt einer Krone eine aus einer Zeitung gefaltete Pinocchio-Mütze mit einer seitlich eingesteckten Gänsefeder und hielt sich ein Bügeleisen ans rechte Ohr. Elsa posierte dagegen erhaben und wie eine *Grande Dame*, in ihrer rechten Hand hielt sie eine weiße Pfingstrose, trug eine barocke Perücke und war übertrieben geschminkt. Da Toni drängte, folgten Lidia und Andrzej ihm in den Kinosaal, um sich dort auf neue Ausstellungsobjekte zu konzentrieren.

Die Bühne war noch intakt, nur die Vorhänge fehlten, und dort, wo normalerweise Publikumssessel standen, schön aufgereiht und nummeriert, war ein riesiges Pendel installiert worden, von dem Farbe auf großflächig ausgelegtes Papier tropfte. Toni verteilte die Farbe mit einem Besen und faltete dann das Papier in der Mitte zusammen: So entstanden seine überdimensionalen Faltbilder, und er erklärte, dass der berühmte Rorschachtest ihn auf diese Idee gebracht habe. Doch die Hauptaufmerksamkeit seiner Gäste zogen die bunten Skizzen und Zeichnungen von verschiedenen Theater- und Opernfiguren auf sich, die jeder kannte, auch aus dem erhabenen Kabinett der *Commedia dell'arte*: Clowns, Geister, Selbstmörder, Diebe, Könige, Ritter, Soldaten, Dienstmädchen, Liebhaber, Mütter, Idioten, Kranke, Leichen, Mörder, Prinzessinnen, Spieler, Geizhälse, Ärzte, Juristen, Engel, Teufel, Götter – niemand durfte fehlen, selbst der Tod war dabei. Und dann stieg man die Treppe hoch und kam ins erste Stockwerk, wo sich ursprünglich der Projektionsraum befunden hatte. Dort fühlte sich Andrzej am wohlsten, vielleicht deshalb, weil dieses Zimmer von Toni in ein Spiegelkabinett seiner eigenen Familie verwandelt worden war. Er stellte hier seine Eltern aus, ihre Porträts in Lebensgröße und in grau-weiß-schwarzen Farben, federleicht gezeichnet auf grauer Pappe. Die Einrichtung war bescheiden, das Bett, der Tisch und eine Kommode präsentierten sich leblos und irgendwie abwesend – wie die Mutter und der Vater, als wären sie ätherische Wesen. Diese luftige Präsenz der Eltern wog aber schwer und war schmerzlich sichtbar. Und auf dem Tisch lagen zwei Taschenbücher von Curzio Malaparte und ein Gedichtband von Eugenio Montale.

»Dein Vater ist gewesen Faschist?«, fragte Andrzej, der sich nach dieser Frage am liebsten sofort auf die Zunge gebissen hätte. Die Bücher gehörten zu den Ausstellungsstücken, der Installation.

Toni sagte: »Für dich würde ich alles abbauen und das Bett beziehen. Hier könntest du für den Anfang wohnen. Bei den Faschisten …«

»Verzeih bitte mir …«, sagte Andrzej.

»Ist schon gut. Ich wollte nur diese nackte kaputte Haut Italiens zum Sprechen bringen, denn mehr ist mir und meiner Familie nach dem Krieg nicht geblieben … Außer dieser kaputten Nacktheit … Und Scham.«

Lidia klammerte sich an Andrzejs linken Arm und sagte: »Toni, du musst deine Eltern sehr geliebt haben … Warum also ist es so traurig, hart und streng in diesem Zimmer?!«

»Ich vermisse meine Mutter und meinen Vater, jedoch nicht ihre Epoche …«

Sie gingen wieder nach unten, und Toni schaltete ein Tonbandgerät ein, aus den Lautsprechern des Kinos kam Musik von Stockhausen, Andrzejs und Jaceks altem Bekannten von ihren nächtlichen Sitzungen im Studio, wenn sie den letzten Drink tranken.

Im ehemaligen Kinosaal entdeckte Andrzej plötzlich das Porträt eines Ein-Mann-Orchesters: Der Alleinunterhalter spielte auf dem Akkordeon, trommelte auf der großen, am Rücken befestigten Trommel und sang dazu seine tragikomischen Lieder. An seinem Hut wehten Fähnchen in italienischen Nationalfarben.

Andrzej schaute sich das Porträt lange an und wunderte sich, dass er es beim ersten Gang durch den Kinosaal übersehen hatte. Toni sagte zu ihm: »Er ist die wichtigste Figur in meiner Ausstellung. Seine *One-Man-Show* spielt er für Italien – für sein Volk, das an die Vergangenheit nicht mehr erinnert werden will …«

Doch der Alleinunterhalter ähnelte auf Tonis Zeichnung mehr einem traurigen Bajazzo als einem glücklichen Musikanten. Der Gute schien sich in Venedig verlaufen zu haben, spielte und sang aber trotzdem immer weiter – allerdings ohne Sinn und Zauber. Und trotzdem hörte das Straßenvolk seinen Liedern zu, obwohl er selbst leblos und krank wirkte. Für Andrzej war der Musikant ein jenseitiges androgynes Wesen – ein böser Geist, der in jeder Tragikomödie hätte auftreten können, aber er behielt seine Interpretation des Porträts für sich.

»Der Alleinunterhalter heißt so wie ich«, fuhr Toni fort und lachte dabei, »er ist der Italiener schlechthin …«

Der Maler entkorkte eine kellergekühlte Flasche *Prosecco*, er war sichtlich stolz darauf, dass er diesen Besuch empfangen durfte. Und nachdem jeder sein Glas mit dem Aperitif erhoben und einen Schluck getrunken hatte, sagte er wieder zu Andrzej: »Wenn du bei uns bleibst, empfangen wir dich mit offenen Armen. Aber glaub bloß nicht, dass du im Westen automatisch glücklich wirst. Die Freiheit ist ein kompliziertes zartes Tier … Und als Antikommunist wirst du es in unseren Kreisen schwer haben …«

»Für uns habt ihr existenzielle Probleme, die mehr oder weniger erfunden sind«, antwortete Andrzej, jedoch auf Polnisch, und er dachte, dass ihn Lidia gleich ins Deutsche übersetzen würde; da sie schwieg, fuhr er fort: »In Paris konnte ich nur mit dem Kopf schütteln, als ich die Jammerei der satten, betrunkenen und bekifften Dichter und Linken hörte; sie wollten sich alle umbringen, obwohl sie reden und schreiben dürfen, wie ihnen der Schnabel gewachsen ist. Sie alle erlauben sich ihre Schwächen, gehen zum Psychiater, schlucken Tabletten, trinken Alkohol. Aber was sollen wir erst sagen? Wir müssen lügen, verkaufen und verraten, wenn wir überleben wollen – doch wer möchte so ein Überleben? Und wir jammern trotzdem nicht!«

»Du bist ungerecht«, antwortete Lidia. »Was du Toni erklärt hast, kann ich nicht übersetzen …«

»Doch, du wirst es tun müssen, er brennt darauf, die Wahrheit zu hören!«, wehrte sich Andrzej. »Die westliche Linke kennt den Unterschied zwischen dem Wunsch einer Utopie und derer Umsetzung nicht. Und sie lesen Kołakowski nicht, den schärfsten Kritiker aus ihrem eigenen Pferdestall!«

»Sie helfen euch, wo sie nur können: denk an die ganzen Transporte von Lebensmitteln, Druckerschwärze und Radiotechnik …«

Toni sagte: »Ich glaube, ich verstehe ihn. Du musst nicht übersetzen. Er beschimpft uns. Und er hat recht. Heute morgen erreichten mich schlimme Nachrichten aus den USA. Dort sagen und schreiben sie, dass es Tausende von Verhaftungen und Todesopfern in Polen gibt. Die Militärs schießen auf Demonstranten, und Kohlenbergwerke werden überflutet … Andrzej wäre ein Selbstmörder, wenn er am Montag versuchen sollte, in seine Heimat zurückzukehren. Sie bringen ihn um …«

»Ich muss es aber tun«, antwortete Andrzej. »Sag ihm bitte, dass ich keine Wahl habe …«

5

Am Nachmittag brachte Toni Muraro seine Gäste mit dem Motorboot nach Hause zurück. Beim Abschied umarmte Andrzej den Maler wie einen alten Freund, bedankte sich für seine Fahrdienste und sein spontanes Angebot, denn immerhin wollte Toni einem fremden Mann helfen und in seinem *Cinema* ein Zimmer zur freien Verfügung stellen. Und Andrzej musste sogar mit den Tränen kämpfen, weil ihm bewusst geworden war, dass er in Toni einen herzlichen Mann getroffen hatte, der unkorrumpierbar und hilfsbereit war und den die Not eines fremden Menschen nicht kalt ließ.

»Wir sehen uns morgen Abend beim Empfang des jungen Luciano da Meglio und seiner Familie!«, sagte der Maler und fuhr mit seinem Motorboot wieder weg.

Bei Lidias Eltern erwartete sie eine Überraschung. Elsa hatte nichts gekocht, sie plante ein Abendessen in ihrem Lieblingsrestaurant, das sie aber mit Jacek nur hin und wieder besuchte – man bekam selten einen passenden Termin, das Lokal war klein, war berühmt für seine exzellente und etwas exzentrische Küche und ständig ausgebucht, und man musste schon mindestens zwei, drei Wochen vor dem geplanten Essen einen Tisch reservieren, zumal das Restaurant Gäste aus dem Ausland empfing, berühmte oder verwöhnte Gäste, die nur wegen der typisch venezianischen Gerichte hierher kamen. An der Eingangstür des Lokals, einer *Trattoria*, die *Antiche Carampane* hieß, klebte ein aufschlussreicher Zettel: *Here no Pizza, no Turisti! Pizza → San Marco!* Andrzej war nämlich gleich an seinem ersten Abend in Venedig dort essen gewesen – auf Einladung seiner Gastgeber, und nun war der zweite Termin für den heutigen Donnerstagabend geplant, ein festliches Essen zum Abschied. Noch vor einer Woche hätte niemand vorhergesehen, dass in Polen der Ausnahmezustand eingeführt werden würde – das Kriegsrecht des verhassten Generals.

Bevor sich Andrzej und Lidia traditionell auf den Weg in ihr Hotel *Canada* machten, verbrachten sie noch eine für sie etwas quälende, zäh dahinfließende Stunde mit Jacek und Elsa: Man trank im Salon zusammen ein paar Tassen Espresso, aß süßes Gebäck, man mied das Thema des Asylantrags, bis Jacek auf einmal davon zu erzählen begann, dass er heute Morgen die polnische Botschaft in Rom angerufen und sich ganz dumm angestellt habe, um zu erfahren, ob es irgendwelche Ratschläge und Tipps gebe, wie man sich als polnischer Tourist in Italien zu verhalten habe … Und die Dame am Telefon habe ihn leider erkannt und sei höflich gewesen, aber sie habe nichts Brauchbares gesagt, nichts Neues. Ihr letzter Satz sei jedoch seltsam gewesen, er habe wie ein Befehl geklungen, die junge Frau habe nämlich gesagt, dass jeder Bürger der Volksrepublik Polen unverzüglich nach Hause zurückfahren müsse.

»Die Beamten haben Angst um ihre eigenen Ärsche«, meinte Jacek. »Sie wollen in Wahrheit auch nicht zurück ... *Fuckin' cowards!*«

Lidias Bäckchen glühten, was ging in ihr vor?, fragte sich Andrzej, war sie wütend oder eher verunsichert; sie sagte: »Warum kommen sie nicht alle nach Venedig und fangen nicht noch einmal von vorne an? Ein neues Leben, ohne Krieg und Reisepässe, ohne Staatsgrenzen und Familientrennungen ... Warum muss Andrzej seine Frau verlassen? Warum holt er sie nicht nach Venedig? Und warum soll ich unglücklich sein, nur weil ich mich verliebt habe?«

Jacek schaute seine Tochter verwundert an, er mochte es, wenn Lidia Fantastereien hervorzauberte, um die Welt erträglicher zu machen, aber in diesem Fall fand er, dass sie übertrieb und hysterisch reagierte, und sein Missfallen drückte sich dadurch aus, dass er in seinem Sessel einsank und kleiner wurde und Lidias Namen ein Mal laut rief, als wäre er auf einer Straße und hätte sie in der Menschenmenge von hinten erkannt. Doch er beruhigte sich schnell wieder und sagte zu Andrzej: »Wenn du wirklich zurückfliegen willst, musst du einige Änderungen in deiner Planung vornehmen. Für Westberlin brauchst du kein Visum. Du wirst dir ein neues Flugticket kaufen müssen. Und von Westberlin fährst du mit dem Zug nach Polen, Züge werden wohl noch fahren ...«

»Du willst nicht mehr mir überzeugen, dass ich soll werden Venezianer?«, fragte Andrzej.

»Nein. Ich will dich glücklich machen, aber nicht um jeden Preis, und wer auf Lidia verzichten kann – diese wunderbare Hoffnung, die letzte, die *wir* noch haben –, dem ist auch nicht mehr zu helfen, der soll im *Canal Grande* untergehen und nie mehr auftauchen …«, lachte er zum Schluss.

»Papa, jetzt übertreibst du«, sagte Lidia.

Sie stand auf und brachte die leeren Tassen und Teller in die Küche, und als sie zurückkam, sagte sie zu Elsa: »Ich brauche für morgen Abend ein schönes neues Kleid, und du wolltest mir doch schon vor langer Zeit etwas Neues designen und schneidern …«

»O ja, ich hab's vergessen: Das gute Stück ist längst fertig, aber kleine Änderungen können wir noch heute vornehmen. Probiere das Kleidchen an, bevor ihr uns wieder verlasst!«, grinste sie.

»Ich liebe dich, Elsa!«

6

Im *Canada* angekommen, fielen sie sich nicht sofort in die Arme, um sich anschließend hastig auszuziehen und gemeinsam unter die Dusche oder die Bettdecke zu springen, wie das sonst üblich war. Diesmal ließen sie sich Zeit. Lidia setzte sich auf den Bettrand und schaltete das Nachttischlämpchen ein, obwohl es draußen noch hell war, dann zog sie ihre Winterstiefel aus und begann, ihre Zehen zu massieren, weil sie fror. Andrzej saß im Sessel am Fenster und rauchte eine Zigarette. Er hatte in Venedig wieder angefangen zu rauchen, erst zusammen mit Jacek die fetten Zigarren, dann Tabak, und er musste lernen, selbst zu drehen. Es fiel ihm plötzlich auf, dass er sich so benahm, als hätte er sich von allen Gewohnheiten, Tugenden und Prinzipien, die ihn und seine Existenz bis jetzt ausgemacht hatten, eine Auszeit genommen. Wäre er zum Beispiel zu einem Freund nach Warschau oder Krakau gefahren, hätte er niemals dessen erwachsene Tochter verführt und ihr irgendwelche Versprechungen gemacht. Eine zweite Lidia existierte außerdem natürlich nicht; keine Frau in ihrem Alter, der er in Polen hätte begegnen können, wäre nur annähernd so lebensbejahend eingestellt und von der Schönheit Venedigs durchdrungen wie die Tochter seines besten Freundes. Verbrachte man ein paar Tage mit Lidia zusammen, hörten alle Zweifel auf. Andrzej hatte in Venedig erkannt, dass er die Zuversicht und das Vertrauen zum eigenen Dasein noch nie so stark und allgegenwärtig erlebt hatte wie in Lidias Gegenwart. Und trotz der ersten Liebesenttäuschungen hatte sie bestimmt eine herrliche Zukunft vor sich, die er nicht zerstören durfte. Er ärgerte sich über sein dummes Verhalten, seine dumme Begierde, denn er hätte mit Lidia niemals über die Rialtobrücke gehen sollen, niemals. Nun war es aber zu spät, an diesem Donnerstag, dem 17. Dezember 1981, und sie trafen sich im Hotel *Canada* am *Campo San Lio* zum vierten Mal. Er musste über sich selbst staunen: Er war doch bis jetzt immer der Moralist gewesen, der andere Männer, wenn sie ihre Frauen betrogen oder ihre Familien verließen, an den Pranger stellte.

»Was wirst du nun tun?«, fragte sie auf Polnisch und legte sich auf das Bett. »Willst du mich oder dein Land glücklich machen? Oder gar uns beide? Oder wirst du mir irgendwann nach London folgen?«

»Ich weiß es nicht, *kochana* Lidzia ...«

Er log nicht, er sagte die Wahrheit, im Hotel *Canada* während ihres *Tête-à-Têtes* sagte er immer die Wahrheit, vielleicht deshalb, weil diese zwei-, dreistündigen Zusammenkünfte in einem bescheidenen Zimmer nur ihnen beiden gehörten und mit Venedig und ihrem Besuch in dieser Stadt eigentlich nichts zu tun hatten. Hier war ihr privater Ausnahmezustand.

»Wir wollten nicht mehr darüber sprechen, aber ich kann mich nicht bremsen. Ich denke unentwegt an Montag. Du wirst wahrscheinlich nach Westberlin fliegen und von dort aus nach Hause zurückfahren. Mein Vater hat schon recht, das wäre die einfachste Lösung.«

Er schwieg und drückte die Zigarette im Aschenbecher aus. Dann legte er sich neben Lidia und schaute zum Fenster, dessen Vorhänge nicht zugezogen waren.

»Ich habe Angst, dass ich etwas falsch mache«, sagte Andrzej nach einer Weile. »Alle Polen raten mir zur Emigration – Polen, die selbst Emigranten sind. Die Einheimischen sind dagegen skeptisch wie der *Barone* Eduardo Tirolo ... oder Toni ...«

»Du müsstest fließend Italienisch sprechen«, sagte Lidia. »Wenn du hier bliebest, könntest du nicht so ein Leben führen wie Elsa und Jacek. Du bist ein Dichter – du müsstest nach Neapel fliegen und mit deinem Freund Gustaw Herling-Grudziński reden, ob er dir nicht irgendwo einen Job besorgen könnte, bei einer Zeitschrift oder einem Verlag. Doch dafür müsstest du die neue Sprache *perfekt* erlernen, und das ist in deinem Alter nicht mehr so einfach …«

»Danke, Lidia. Du tröstetest mich ungemein«, lachte Andrzej. »Aber es ist wahr. Ich begreife sowieso nicht, wie Gaston Salvatore die Sprache wechseln konnte und seine Theaterstücke und seine Prosa in Deutsch schreibt. Und Gustaw ist übrigens nicht mein Freund, sondern eher mein Förderer … Wir schreiben einander Briefe und haben zwei oder sogar drei Mal eine Flasche Whiskey zusammen getrunken. Als ehemaliger Gulag-Insasse wirft er jedoch einen nüchternen Blick auf die marxistische Utopie – und er hat über seine Erfahrungen im Gulag lange Zeit vor Solschenizyn geschrieben, der im Übrigen im Westen überschätzt wird. Gustaw hat schon 1951 aus dem *Ersten Kreis der Hölle* berichtet.«

Lidia küsste Andrzej auf seine Lippen und schmiegte sich an seinen Körper. Sie sagte: »Mein Vater liest doch die *Kultura*-Hefte aus Paris, und ab und zu spricht er mir Lektüreempfehlungen aus, damit ich nicht vergesse, aus welchem Land ich komme; von deinem Gustaw aus Neapel kenne ich also nur einige Texte aus seinem *Tagebuch bei Nacht geschrieben*, das Buch *Welt ohne Erbarmen* über sein Leben im Lager habe ich noch nicht gelesen. Und Gaston hatte keine andere

Wahl, als auf Deutsch zu schreiben. Die Deutschen haben ihn verführt … Sie haben ihm zu Anfang schöne Geschenke gemacht und ihn für ihre Studentenrevolte gebraucht. Nach getaner Arbeit haben sie ihn wieder vor die Tür gesetzt … Er soll froh sein, dass er überhaupt noch lebt. Er hätte auch genauso enden können wie Dutschke.«

»Vielleicht ist sein eigentliches Vergehen gewesen, dass er seiner Muttersprache, dem Spanischen, einen Korb gegeben hat? Ich muss dennoch bewundern, dass er auf Deutsch schreibt. Auf der anderen Seite ist mein Polnisch das Einzige, was ich wirklich besitze. Ich kann mich in meiner Sprache wie in einer Nussschale verstecken und trotzdem gleichzeitig in der Welt sein.«

»Du besitzt auch mich.«

»Aber wir werden eines Tages sterben, während meine Sprache weiterleben wird: in meinen Gedichten.«

Lidia umarmte ihn fest und flüsterte ihm ins Ohr: »Du musst mir schon vertrauen … Wenn ich dir sage, dass ich nur dir gehöre, dann ist das kein Märchen, und ich sage es auch nicht deshalb, weil wir in unserem Hotel nur für den Moment, diesen einen einzigartigen Moment, leben, um uns zu lieben … Ich sage es deshalb, weil die Liebe keine Kopie des Himmels ist, sondern dessen vollkommenster Ausdruck. Eine schlechte Kopie des Himmels findest du zum Beispiel in Venedig, obwohl diese Stadt an Schönheit nicht zu übertreffen ist, und trotzdem ist ihre Schönheit bloß eine Kopie der Liebe. Verstehst du? Ich bin keine Lügnerin und du auch nicht …«

»Das ist ja wie mit dem Marxismus, der eine schlechte Kopie der Liebe ist, der besten Idee der Schöpfung …«, grinste Andrzej.

Er küsste Lidia, küsste ihre Stirn und Nase, und sie streifte ihren Rock und dann ihre Strümpfe ab. Er griff nach ihrem Hintern, der sich kalt und weich anfühlte, der ihm nach fast einer Woche im kalten Kanada so vertraut vorkam, und Lidia zog ihren Pullover aus – ihre Brüste lechzten nach seinen Händen, nach Wärme und seinen Küssen. Lidia zitterte und lachte leise, weil Andrzejs zarte Berührungen kein Ende nahmen und sie immer noch ein wenig fror.

Andrzej legte auch seine Kleidung in Eile ab, sie half ihm dabei, und er sagte: »Erinnerst du dich aber, was Toni über Venedig gesagt hat? Dass die Touristen und Politiker und die Mafia aus der schönen Dame eine Nutte machen. Hörst du? Eine Nutte!«

»Ich bin deine Millionärin und keine Nutte!«

»Ja, du bist meine Millionärin der Liebe. Und jetzt gib mir bitte endlich diesen schönen Himmel, den du so verteidigt hast! Und selbst wenn er eine Kopie wäre, würde ich ihn begehren und lieben …«

7

Wie verabredet gingen sie alle am Abend in die *Trattoria Antiche Carampane* und trafen dort unverhofft den *Barone* Eduardo Tirolo, der eine junge Dame zum Essen und Weintrinken ausführte. Aber das Gespräch mit ihm war kurz, er hatte auch Andrzej keine große Aufmerksamkeit geschenkt, zumal er von seiner hübschen Begleitung geschickt abgeschirmt wurde. Seine Partnerin wollte offenbar nicht, dass sich Eduardo in unnötige Gespräche verwickelte – er sollte an diesem Abend nur ihr gehören.

Jacek sagte: »Ach, diese Dorfpomeranzen! Sie lieben nur sein Portemonnaie und wissen gar nicht, was für einen klugen Mann sie vor sich haben, der vor allem von Musik und moderner Komposition etwas versteht … und sich verantwortungsvoll um die Menschen in seiner Südtiroler Gemeinde kümmert: um seine Untertanen …«, grinste er zum Schluss.

»Untertanen?«, wunderte sich Andrzej. »Was bedeutet das Wort?«

Lidia sagte: »Eduardo besitzt in der Nähe von Bozen ein Schloss, und in seiner Gemeinde spielt er den Großgrundbesitzer, der Angestellte verwaltet wie Häftlinge im Gefängnis …«

»Lidia, das ist doch Quatsch!«, empörte sich ihr Vater. »Er ist in erster Linie Professor am venezianischen Konservatorium, und diese geldgierigen *sluts are trying to destroy his reputation and life … Głupie dziwki!*«

Jaceks laute, tiefe und vulgär klingende Bassstimme beherrschte auf einmal den ganzen Raum, in dem sie an ihrem Tisch seit einer Viertelstunde speisten und Wein tranken. Jacek konnte Tote auferwecken und die Mauern von Jericho zum Einstürzen bringen – so aggressiv kam einem seine Stimme vor, wenn er wütend war; als Rundfunkmoderator oder Prediger hätte er bestimmt Karriere gemacht, allerdings hätte er dann endlich eine einzige Sprache wählen und sie perfekt beherrschen müssen. Nach zehn Jahren der Emigration mischte er, wie es ihm beliebte, Deutsch, Englisch und Polnisch und scherte sich den Teufel darum, ob er verstanden wurde oder nicht. In dieser neuen Sprache, die er erfunden hatte, konnte er sich am besten ausdrücken. Und während er seinen Freund Eduardo bemitleidete und die geldgierigen Dorfpomeranzen an den Pranger stellte, bat ihn seine Frau, mit der Schimpferei aufzuhören und leiser zu werden. Sie bat ihn noch um etwas, was er ihr am Vormittag versprochen habe, und er möge bitte endlich von der Prophezeiung erzählen, die er als ein kleiner Junge gehört habe.

»Unterhalte uns lieber, anstatt Hasstiraden zu halten«, sagte sie und schaute ihn einige Sekunden schweigend an; Elsas Aufforderung, vor allem dieser tödliche Blick, brachte den kleinen polnischen Jungen in Jacek wieder zur Vernunft, und ihr Mann begann endlich zu erzählen: »Ich bin auf der anderen Seite der Weichsel aufgewachsen, im berüchtigten *Praga*, dem Viertel der schönen Zwanzigjährigen, die Warschau nach dem Zweiten Weltkrieg wiederaufgebaut haben. Und meine schlesische Großmutter, eine gottesfürchtige Frau, die sich heute bestimmt im Grabe umdreht, weil ihr Enkel ein unerbittlicher Atheist und Linker geworden ist, hat uns Kindern immer wieder die Geschichte erzählt vom plötzlichen Einfall der Russen in Polen, Italien, Deutschland und Frankreich, einem kurzen, für die Angreifer verlorenen Krieg und der nach dem Ende dieses Überfalls folgenden Dreitagefinsternis. All das solle sich allerdings nach der Ermordung von drei Königen und zur Rückkehr Jesu Christi abspielen. Und nun ist in Polen die beste Voraussetzung geschaffen worden, damit sich diese seltsame Weissagung erfüllt: Die Sowjets marschieren ein, verlieren den Kopf und kommen bis nach Frankfurt und Lyon … Und der polnische Papst symbolisiert die Rückkehr des Gottessohns …«

»Sowjets müssen nicht marschieren: Sie sind in Polen überall«, sagte Andrzej und wurde sogleich von Lidia korrigiert: »Einmarschieren …«

»Es ist also keine Prophezeiung, sondern Realität«, antwortete Jacek, »aber sie werden einen Atomkrieg nicht riskieren – niemals!«

»Deine Freunde«, meinte Andrzej. »Marxisten …«, lachte er.

»Leninisten«, verteidigte sich Jacek.

Und während Andrzej mit seinem Freund noch eine Weile über die Weissagung der schlesischen Großmutter diskutierte, warf er immer wieder einen Blick auf die euphorische Besprechung aus der *New York Times* und auf die Fotos prominenter Restaurantgäste, die, schön eingerahmt, an der Wand hingen. Die Teller des zweiten Gangs, auf denen typische venezianische Gerichte serviert wurden – Tintenfische, Miesmuscheln und Rinderleber –, wirkten so, als wollte der Koch auf einer Palette Farben mischen und die Wände der *Trattoria* verschönern. Und obwohl alle Speisen appetitlich aussahen, ästhetisch sparsam und in Harmonie auf den Tellern angerichtet, konnte diese Kochkunst Andrzej wenig erfreuen – auch der saftige mediterrane Geschmack der Gerichte nicht. Ihn plagte ein schlechtes Gewissen, dass er es sich in einem Gourmetrestaurant gut gehen ließ, während Monika und ihr gemeinsamer Sohn schon wieder auf Fleisch verzichten und zu Mittag Spiegeleier essen mussten – Spiegeleier mit Senf und Kartoffeln. Und plötzlich kehrte der Schmerz in der Brust zurück: Bliebe er im Westen, würde er nie mehr hungern, während Piotruś dazu verurteilt war, immer wieder die gleichen langweiligen Gerichte zu essen. Apfelsinen und Bananen kannte Piotruś noch gar nicht.

Andrzej wurde wütend und dachte: Dann sollen sie endlich einmarschieren – kommt, wir warten auf euch, und vergesst nun auch Venedig nicht! Die seladongrüne Lagune! Greift sie auch an!

Spät in der Nacht verließen sie die *Trattoria*, als letzte Gäste traten sie nach draußen und verschwanden in den dunklen und menschenleeren Gassen. Selten war der wolkenlose, tief hängende Himmel so großzügig wie in dieser Nacht, er hatte sich entblößt, war nackt, und man hatte den Eindruck, als wollten die Sterne auf Venedigs Dächern landen, um die Palazzi zu besetzen. Andrzej bereitete es Vergnügen, Lidia anzuschauen, weil dieser gnädige Himmel, der Hoffnung und Ruhe ausstrahlte, die junge Frau glücklich machte.

8

Die Nacht verbrachten Lidia und Andrzej wieder zusammen; mit kurzen Pausen für Liebkosungen und Träume ging sie schnell vorüber. Sie wachten auf und schliefen ein, sie wachten wieder auf und schliefen wieder ein, und sie übernachteten diesmal nicht im *Mezzanino*, sondern im Studio von Jacek, weil man dort Musik hören konnte: Kate Bush für Lidia und Czesław Niemen für Andrzej. Gegen Morgen zogen sie in das Gästezimmer um, weil sie wie üblich ausschlafen wollten.

Und als sie dann ein paar Stunden später und in der Kälte wach wurden – im kalten *Mezzanino*, in dem es keinen Heizkörper gab und in dem der wandernde Spiegel immer noch an der Wand stand –, sagte Andrzej zu Lidia: »Ich liebe deine Yoni, ich liebe diesen kräftigen Geruch und diese Frische einer sommerlichen Wiese am Waldrand, irgendwo in Masuren. Ich liebe das emigrantische Geheimnis in deiner Yoni.«

»Sei nicht albern!«, lachte sie. »Ich habe keine Geheimnisse. Aber wenn du mich und mein schönstes Geheimnis so sehr liebst, solltest du es mir beweisen ...«

Das Fenster war seit einigen Minuten angelehnt, Andrzej hatte frische Luft hereinlassen wollen, und unten im Kanal herrschte Totenstille. Der Geruch modrigen Holzes breitete sich im *Mezzanino* aus. Was für eine Täuschung, sagte er sich, es riecht so schön, aber das Innere ist verdorben und kaputt. Die Barken, die die Einkaufsläden belieferten, hatten ihre Arbeit schon wieder getan – Venedig war satt und zufrieden. Und Andrzej schwieg und machte Lidias Bitte wahr. Dort unten, wo sich Lidia ihm geöffnet hatte, war Polen endlich vollkommen frei, frei von seinen Träumen und Wünschen, frei von seiner Egomanie, weil er Lidia etwas schenken musste, was sie nicht schmerzen durfte und was nichts mehr mit ihrem verbrannten Land zu tun hatte. Und Andrzej sah diese Landschaft der Freiheit und spürte die Begierde, die Lidia mit sich trug. Sie schrie, während er sie liebte und ihre Yoni so behandelte, wie es noch niemand vor ihm getan hatte. So ist es also, dachte Andrzej, eine gierige Zunge trifft diese Landschaft und will mehr, aber es geht nicht. Hier ist ein Endpunkt erreicht, und wir beide haben dieses Ende aller Zeiten gemeinsam erreicht.

»Hör nicht auf!«, sagte Lidia. »Du musst mich verlassen, ich weiß es!«

Andrzej blieb noch lange zwischen Lidias Beinen liegen.

»Ich werde dich und Venedig nie verlassen …«, sagte er schließlich.

»Sie wird dich töten: die Liebe.«

»Nein. Ich bin ein polnischer Dichter. Es ist nicht so leicht, uns zu töten.«

»Sei nicht dumm. Du weißt, dass es sehr wohl geschehen kann: sogar hier und jetzt. Sie haben Miłosz getötet, und sie werden dich auch töten. Aber ich werde dich beschützen und retten.«

»Ich danke dir.«

»Ich will es nicht hören! Bedanke dich bei deiner Maria in der *Frari*-Kirche, bei Tizian oder bei deinem Papst aus Wadowice!«

»Ich möchte mich bei dir bedanken! Komm her, Lidia. Ich will dich lieben …«

Er drang in ihren warmen Körper ein und bewegte sich mit jedem Stoß schneller. Dann schwieg er, während ihm Lidia eine Frage nach der anderen Stellte: »Monika liebt dich nicht mehr? Und wirst du auch auf mich warten? Kommst du zurück? Wenn alles vorbei sein wird?«

9

Die Nachrichten aus Polen wurden immer dramatischer. Es war nur schwer herauszufinden, ob die Angaben über die zahlreichen Festnahmen und Todesopfer wirklich den Tatsachen entsprachen. Andrzej hatte den Eindruck, als würde Westeuropa mit den USA an der Spitze einen ebenso raffinierten und gnadenlosen Propagandakrieg wie die Kommunisten führen. Ronald Reagan übertrieb maßlos, was die bösen Absichten der polnischen Kuh aus Masowien anging. Ihre Milch war nicht vergiftet, sie war bloß sauer. Und die Amerikaner hatten ihren Samuel Barber und sein *Adagio for Strings No. 11* und machten genauso dramatische und pathetische Mienen, wenn sie diese Musik hörten, wie die Polen, wenn Chopins *Barkarole* über den Feldern und Trauerweiden Masowiens schwebte und als Untermalung für die kommunistische Propaganda im Fernsehen diente. Es hatte in Andrzejs Leben Zeiten gegeben, da hätte er Chopin und Mickiewicz erwürgen können, genauso wie den Gott, der in der katholischen Kirche am Marktplatz wohnte.

Andrzej wollte keine Nachrichten mehr schauen und hören, weder im italienischen Fernsehen noch im polnischen Radio *Free Europe* aus München.

Nach dem Frühstück rief er auf dem Flughafen *Marco Polo* an und erkundigte sich nach einem Flug nach Westberlin. Er müsse sich ein neues Flugticket kaufen, bekam er zu hören, denn sein polnisches sei nur für die *LOT*-Linie gültig. Geld hatte er genug – es würde reichen, was ihm Jacek geschenkt hatte.

»Du wirst also zurückfliegen?«, fragte ihn sein Freund. »Weiß Lidia schon, was sie erwartet?«

Sie saßen beide allein im Studio und rauchten eine morgendliche Zigarre zum Kaffee.

»Sie vermutet es. Ich muss ihr außerdem nichts erklären. Sie ist klug genug ...«

» ... und unerfahren genug. Ich kann dir versichern, dass du deinen Schritt bereuen wirst. Du liebst doch Monika in Wahrheit nicht mehr, du kannst es dir bloß noch nicht eingestehen. Und die Sehnsucht nach Lidia und Venedig und unseren Gesprächen wird dich zerfressen. Wer einmal dieses andere Leben in der grünen Lagune gekostet hat, wird sich in der Provinz nicht mehr zurechtfinden, auch nicht in der Großstadt à la Warschau ...«

»Du machst mir wirklich Mut ... Doch selbst wenn es wahr ist, dass ich Monika nicht mehr liebe, darf ich sie und meinen Sohn nicht allein lassen, dem kommunistischen Markuslöwen zum Fraß ... Ich kann mich nur wiederholen.«

»Das verstehe ich. Würdest du aber besonnen handeln, würdest du in Venedig überwintern ... Irgendwann wird sich der Leviathan beruhigen und für seine Opfer Gnade walten lassen. Dann könntest du zuschlagen und Monika nach Venedig einladen. Emigration wäre für dich die beste Lösung.«

»Nicht für meine Dichtung.«

»Wen liebst du mehr? Meine Tochter oder deine Gedichte?«

Andrzej beantwortete diese Frage nicht. Lidia kam ins Studio und war schon für den nächsten Ausflug vorbereitet und angezogen; sie trug ihren Wintermantel.

Draußen war es kalt, nass und windig, aber Lidia ließ sich davon nicht abschrecken, sie wollte unbedingt zum Friedhof *San Michele* fahren, um Andrzej die wahre Perle Venedigs zu zeigen, die Insel der Seligen, die viel schöner sei als *San Giorgio Maggiore*, *Giudeccas* beste Freundin, die katholische Braut, die eine Basilika, ein Benediktinerkloster, einen Aussichtsturm und sogar ein mediterranes Hotel zu bieten habe. Andrzej freute sich auf den Besuch bei Ezra Pound und Igor Stravinsky, und er war neugierig darauf, wie es auf der Insel der Seligen aussah.

10

»Gehen wir heute Nachmittag wieder in unser Hotel?«, fragte Lidia.

»Hast du daran irgendwelche Zweifel?«

»Nein.«

»Na also.«

»Aber du wirst uns verlassen.«

Er wunderte sich, weil sie *uns* und nicht *mich* sagte. Er schwieg. Sie gingen durch die Gassen des Bezirks *Castello* in Richtung *Fondamente nuove*, wo es eine *Vaporetto*-Station gab, im Nordwesten der Stadt. Von der Rialtobrücke bis dahin brauchte man zu Fuß nicht mehr als eine halbe Stunde. Im Sommer musste es ein schöner Spaziergang in diesen kühlen und engen Gassen sein, doch heute, da es immer wieder kurz regnete, war der Gang in der Dezemberkälte kein Vergnügen. Wie würde es erst auf der Insel der Seligen zugehen?

Andrzej sagte: »Ich werde eines Tages zu dir zurückkommen, Lidia. Ich muss nur etwas sehr Wichtiges erledigen …«

»Sie werden dich nie wieder freilassen, das weißt du doch … Und ich werde wie eine Witwe in London leben und dir jeden Tag schreiben … Meine Briefe werden dich aber nie erreichen …«

»Du wolltest doch, meine Millionärin, reich heiraten.«

»Das werde ich auch tun: um für uns Geld zu besorgen, damit du in Ruhe deine Gedichte schreiben kannst. Ich werde mich nach kurzer Zeit wieder scheiden lassen. Oder mein Millionär wird sterben, an einer Krankheit oder an Altersschwäche.«

»Du würdest für mich und unsere Liebe töten?«

»Ja.«

Sie war jung, und deshalb sagte sie die Wahrheit, weil man in ihrem Alter solche Dinge sagte und auch tat.

»Aber ich werde auf dich warten. Und unsere Zukunft in London vorbereiten. Ich muss Geld besorgen, und dann kaufen wir uns in Venedig ein Apartment, du wirst Gedichte schreiben, und ich – ich werde Dokumentarfilme drehen.«

Die Überfahrt mit dem *Vaporetto* dauerte keine Viertelstunde, und die Insel der Seligen war am Tage jederzeit zugänglich. Man ging direkt von der Anlegestelle nur wenige Schritte zum Eingangstor des Friedhofs. Bei diesem Sauwetter trieb sich auf dem von einer hohen Mauer abgeschirmten Friedhofsgelände so gut wie niemand herum. Ein paar Touristen versteckten sich vor dem Regen im Kreuzgang des verlassen anmutenden Klosters, in dem es so still und dunkel war wie in Jaceks Studio, wenn Lidia nachts zu Andrzej schlich. Sie erzählte ihm von dem Mönch und Kartografen Fra Mauro, der in dem ehemaligen Kloster der asketischen Kamaldulenser auf *San Michele* gelebt und gearbeitet habe. Seine *Mappa Mundi*, Mitte des 15. Jahrhunderts gezeichnet, sehe wie moderne Kunst aus, meinte Lidia, und man könne sie in der Bibliothek an *San Marco* bewundern – der mittelalterliche Mönch müsse im Übrigen aus dem Wissen des heutigen Menschen geschöpft haben, so modern und realistisch wirke seine *Mappa Mundi*, obwohl sie die Alte Welt darstelle.

»Siehst du: Ein Krater auf dem Mond ist nach diesem Mönch benannt«, sagte Andrzej. »Also wohnen auf unserem Trabanten die Verstorbenen weiter? Das finde ich beruhigend.«

»Wir werden nach dem Tod auf *San Michele* leben …«, freute sich Lidia. »Im Kreuzgang des Klosters werden wir dann eine neue Weltkarte zeichnen: für unsere Liebe.«

»Ich bin mir nicht sicher, ob ich auf die Erde zurückkommen will, wenn ich tot bin.«

»Nicht auf die Erde: nach Venedig!«

Andrzejs Trenchcoat, sein Sakko und seine Hosen bekamen schon nasse Flecken. Es regnete, trotzdem zündete er sich eine *Gitanes* an. Lidia spannte ihren Regenschirm auf, und sie gingen beide an einer Reihe von Kindergräbern vorbei, und diese trostlose Allee mit Fünf- oder Siebenjährigen, deren Gesichter auf Grabsteinfotos abgebildet waren – meist in fröhlich-engelhafter Pose –, führte direkt zu dem Sektor, in dem berühmte Komponisten und der Dichter Ezra Pound die letzte Ruhe gefunden hatten. Der Bereich mit prominenten Toten war von einer Mauer geschützt, hinter der manche Grabsteine und Skulpturen vor mehr als einhundertfünfzig Jahren gemeißelt worden waren.

Es gab noch viel Platz zwischen den einzelnen Gräbern, der amerikanische Dichter und Wahlvenezianer hatte aber das schönste Stück Erde auf *San Michele* erwischt, er ruhte zusammen mit seiner Geliebten Olga in einem japanischen Minigarten, so kam es Andrzej zumindest vor, und sein Name, martialisch gemeißelt in eine eher kleine Marmorplatte, blieb unter den Zweigen und stacheligen Blättern der Mahonie lange unentdeckt, man musste den Dichter suchen.

»Du gehörst eigentlich dazu …«, meinte Lidia, die manche Namen auf den Grabsteinen laut vorlas. »Du bist einer von ihnen, den Seligen und Begnadeten, und das ist deshalb auch deine Insel …«

»Willst du mich ins Jenseits befördern? Wünschst du mir ein kurzes Leben?«, lachte Andrzej.

»Es ist egal, wie lang es wird«, sagte sie, »solange man das gemacht hat, worauf man Lust hatte.«

»So hedonistisch, meine Millionärin. Worauf hast du jetzt Lust?«

»Dich zu küssen, aber nicht hier, wo es nass und kalt ist, sondern im Kreuzgang des Klosters …«

»In deinem Alter wusste ich auch nicht, dass es den Tod gibt …«, sagte er und bereute sogleich seine Worte, denn er wollte sie nicht verletzen.

»Du vergisst, dass ich meine Mutter früh verloren habe. Ich werde dich trotzdem küssen …«

»Bitte, verzeih mir, Lidia, ich habe mich ein wenig verrannt!«

Sie verließen die Ruhestätte der Seligen und gingen wieder an den Kindergräbern vorbei in Richtung Ausgang und der *Vaporetto*-Station. Auf halber Strecke bogen sie nach rechts ab und gelangten in die stillgelegte Klosteranlage. Und dort im Kreuzgang war es in manchen Abschnitten so dunkel, als hätte man die Katakomben einer Basilika betreten. Sie waren alleine und küssten sich.

»Du darfst noch nicht wegfahren. Du hast noch gar nicht den Dogenpalast, die Seufzerbrücke und die Bleikammern gesehen …«

»Wir können gleich auf dem Weg in unser Hotel das Touristenprogramm absolvieren – Casanova wartet bestimmt auf uns, man hat ihn wieder gefangen genommen, und er wird begeistert sein: Er liebte uns Polen. Über seinen königlichen Förderer Stanisław August Poniatowski sagte er, dass er keinen klügeren und gebildeteren Geist getroffen hätte, der gleichzeitig so wenig vom Regieren verstünde …«

»Wir hatten die erste Verfassung Europas, und trotzdem hat Poniatowski unser Land an seine geliebte Zarin verkauft«, sagte sie und wartete Andrzejs Antwort nicht ab, der wiederum über Lidias kaltschnäuziges Urteil staunte. »Und wenn ich dich richtig verstehe, wirst du also schon am Sonntag oder gar morgen nach Polen zurückfliegen?«

»Am Sonntag«, sagte er, und seine Hände knöpften Lidias Wintermantel auf und gruben sich durch die an ihrem Körper eng anliegenden Stoffe hindurch, bis sie endlich die nackte Haut erreichten. Lidias Rücken war warm und ihr Atem kalt.

»Wir können uns hier nicht lieben, auf den dunklen Grabsteinen«, flüsterte Lidia. »Komm, wir fahren zurück und gehen in unser Hotel ...«

11

Ihr Weg führte sie aber nicht direkt ins Hotel. Sie aßen eine Pizza in einer Stehbar und folgten dann dem touristischen Programm, das ihm Lidia vorgeschlagen hatte: zum Abschied.

Die Seufzerbrücke, die aus dem Dogenpalast direkt in die Bleikammern der Häftlinge – der Mörder, Diebe, Lüstlinge und Feinde der Republik – führte, und selbst der gigantische »Saal des großen Rates«, der jedem Diktator mit seiner Größe und seinem barocken Prunk imponieren müsste und in dem man Fußball hätte spielen können, gefielen Andrzej nicht. Die gewaltigen Symbole der Macht und der Unterdrückung wirkten auf Andrzej entmutigend und machten ihn depressiv, zumal sie ihn an die Lage in seiner Heimat erinnerten. Deshalb blieben sie nicht lange im Dogenpalast, und nicht einmal Casanova konnte Andrzejs Stimmung und Eindrücke ändern und in eine positive Haltung verwandeln.

Sie schauten noch kurz im Markusdom vorbei, bevor sie in ihr Hotel gingen. Sie wollten den Besuch auf dem *Campo San Lio* möglichst lange hinausziehen – diesen ersten Moment nach dem Betreten des Hotelzimmers, den ersten Kuss und die ersten Berührungen unter der Bettdecke …

»Wir haben nur noch wenige Stunden füreinander …«, sagte Lidia im Markusdom.

»Möchtest du jetzt los?«

»Bitte …«

Schon kurze Zeit später, zumal Andrzej das Spiel »Venedig« langsam begriff, näherten sie sich ihrem *Campo San Lio*. Früher oder später musste man in dieser Stadt aufhören, nach dem Weg zu fragen und sich und anderen überhaupt irgendwelche Fragen zu stellen, weil da draußen, an den Ufern der Kanäle und in den Gassen und auch auf den *Campi*, jedes Mal die richtige Antwort gegeben wurde, denn jeder Ort und jedes Ziel waren in Venedig richtig gewählt, da man sich hier im Kreise drehte, wie auf der *Mappa Mundi* von Fra Mauro, und früher oder später fand man trotzdem nach Hause zurück.

In ihrem Hotel *Canada* sprachen sie dann kein Wort mehr miteinander. Sie schauten bloß in ihre Augen und zogen sich dabei aus. Sie beobachteten sich selbst beim Ausziehen – den

Eindruck hatte Andrzej zumindest. Und als sie nackt waren, standen sie immer noch regungslos da und sahen einander an.

12

Sie liebten sich am *Campo San Lio* bis zum Abend. Waren sie erschöpft, fielen sie in einen kurzen schweren Schlaf, aus dem sie schlagartig wieder zusammen aufwachten. Sie wussten beide, dass es ihr letzter Besuch im *Canada* war, dass die Zeit, die sie in diesem bescheidenen und billigen Hotelzimmer miteinander verbracht hatten, keine Bedeutung mehr hatte. Und trotzdem zählte jetzt jede Minute, sodass sie sich beim Anziehen wieder schweigend ansahen, als wollten sie prüfen, ob wirklich all ihre Wünsche in Erfüllung gegangen, die letzten Küsse und Liebkosungen verteilt und vergeben worden waren. Und sie hatten den Termin bei Luciano da Meglio vergessen, den Empfang bei seiner Familie, die verdammte Verabredung war ihnen erst auf dem Weg zu Jacek und Elsa eingefallen, und sie beeilten sich, weil sie sich noch umziehen mussten. Zum Duschen reichte die Zeit nicht mehr, zumal Jacek großen Wert auf Pünktlichkeit legte. Außerdem musste Andrzej seine Bücher mitnehmen, vor allem die Übersetzungen ins Englische. Er sollte ein, zwei Gedichte vorlesen, die Vorstellung gefiel ihm jedoch nicht, weil er schon ahnte, dass er an diesem Abend, auf dem Empfang des Adels, den Papagei aus dem Dschungel würde spielen müssen – vor sensationslustigem und etwas gelangweiltem Publikum.

»Wir haben noch zwei Nächte vor uns«, sagte Lidia, als sie zum *Campo Santa Maria Mater Domini* kamen, und ihre Worte machten ihm ein wenig Hoffnung. Den ganzen Samstag wollte er zusammen mit Jacek verbringen und endlich ihr gemeinsames Projekt besprechen, die Komposition der Lieder. Aber die beiden Nächte würde ihm niemand stehlen können, ihm und Lidia, sie gehörten nur ihnen.

Sie zogen sich bei Lidias Eltern in Eile um – sein Mädchen trug das neue Abendkleid, das ihm Elsa geschneidert hatte. Es handelte sich bei dem guten Stück um ein violettes, knielanges und eng anliegendes Kleid ohne Ärmel, dafür aber mit einem dezenten Stehkragen. Lidia mochte ihre neue Eroberung und ihr Geschenk, und für Andrzej ging sogleich der nächste Wunsch in Erfüllung: Er wollte Lidia einmal in festlicher Stimmung und Kleidung sehen, und er war sich hundertprozentig sicher, dass sie an diesem Abend jede andere Frau in den Schatten stellen würde. Lidia freute sich, aber sobald sie ihn ansah, merkte man ihr an, dass sie Sehnsucht hatte und traurig war. Und gegen diese Tristesse konnte er nichts machen, zumal sie ihm gefiel. Er liebte doch Lidia in jeder Verfassung, und je trauriger sie war, desto schöner kam sie ihm vor. Er würde ihr das aber nie sagen.

Vom *Campo Santa Maria Domini* brauchte man zu Fuß etwa eine halbe Stunde, um zum Palazzo der Familie da Meglio zu gelangen. Man ging in Richtung der *Vaporetto*-Haltestelle *San Tomà* und der gleichnamigen Kirche, und dort musste man nach einer Gasse suchen, die zu der *Traghetto*-Station führte: Unterwegs zu dieser stieß man dann auf den

Hinterhof des Palazzos *Ca' da Meglio*. Ein von einer Mauer beschützter Vorgarten machte einem Gast den Hintereingang schmackhafter und geheimnisvoller, denn der eigentliche bombastische Eingang befand sich am *Canal Grande*: für die Motorboote und die Wassertaxis gab es dort vor dem Tor des Palazzos eine Anlegestelle. Und die meisten Gäste – es mussten heute mehr als hundert sein – kamen mit den Wassertaxis zum Empfang, der im ersten Stockwerk stattfand, und zwar in einem riesigen Salon, der Andrzej wie eine Nachbildung des »Saals des großen Rates« im Dogenpalast erschien. Stellte man sich an die maurischen Fenster und Balkontüren, blickte man auf den *Canal Grande*, der an diesem Abend vor Geschäftigkeit nur so strotzte – wie jeden Freitagabend.

Andrzej kannte unter den eingeladenen Menschen niemanden, er suchte nach einem vertrauten Gesicht, aber weder Toni Muraro noch Gaston Salvatore oder der *Barone* Eduardo Tirolo liefen ihm in die Arme. Lidia bemühte sich, bei ihm zu bleiben, doch leider wurde sie ständig von jemandem gerufen und in ein Gespräch verwickelt. Und die Gastgeber – wo waren die Gastgeber? Der junge sportliche und gebildete Weltenbummler Luciano da Meglio, von dem und dessen Familie Jacek so schwärmte? »Ich liebe sie! *There are crazy Venetian Monsters … Believe me!*«, wiederholte er immer wieder.

Überall servierten misstrauisch dreinschauende Butler in tadellosen Smokings kalte Drinks als Aperitif, und Jacek, der die Burschen persönlich kannte, sprach sie mit ihren Namen an: »Guido, bring uns *please* noch *two glasses Prosecco*!« Andrzej wunderte sich, dass sein Freund mit allen Anwesenden und selbst mit den Bischöfen ein oberflächliches Gespräch zustande bringen konnte – mit seinen Erzfeinden sozusagen. Und die Bischöfe, die rote Soutanen trugen, hielten in ihren mit monströsen Ringen bestückten Fingern die Gläser mit dem Aperitif und schenkten Andrzej keine Beachtung, obwohl er ihnen kurz und freundlich als der Ehrengast des Abends vorgestellt worden war: als der Dichter aus Polen. Wo war ihre Liebe für Papst Johannes Paul II., ihren Direktor? Und wo die Nächstenliebe geblieben für sein unterjochtes Volk?

Andrzej hatte jedenfalls keine Antwort auf all diese Fragen und wusste nicht, was er mit seinen Büchern, die er mitgenommen hatte, anstellen sollte. Er hielt die dünnen Bändchen in der linken Hand. Im aus allen Nähten berstenden Salon, in dem es zahlreiche Sitzecken und Tische gab, fand er nirgendwo einen Platz, an dem er seine Bücher hätte ablegen können. Seine Gedanken waren wirr, und er hatte das Gefühl, dass er keinen einzigen Satz vom Anfang bis zum Ende würde logisch formulieren können, spräche ihn jetzt jemand an. Und er hatte das Gefühl, er sei ins 19. Jahrhundert katapultiert worden, die Möbel und die Gemälde und selbst die Kleider der Menschen erinnerten ihn an *Krieg und Frieden*, den alten Film aus den Fünfzigern. Wo bin ich hier nur hineingeraten?, fragte er sich.

Dann servierten die vor Stress schwitzenden Pinguine Rot- und Weißwein und gaben die mit warmen und kalten Speisen üppig gedeckten Tische frei, an denen sie auch fleißig die

Gäste bedienten und deren Wünsche erfüllten. Und erst, als sich Andrzej einen Teller holte und in die Schlange stellte, merkte er, dass sich in den Seitenzimmern des Salons kleine Zirkel gebildet hatten. In einem Raum entdeckte er den *Barone*, der an einem runden Tisch zusammen mit Toni und Gaston speiste und diskutierte. Andrzej war unsicher: Sollte, durfte er sich zu ihnen setzen? Jacek und Elsa waren verschwunden, wahrscheinlich hatten sie schon in einem der geheimen Zimmer den ihnen reservierten Platz besetzt, und Lidia war immer noch mit Gesprächen beschäftigt, die sie mit Bekannten führte. Man hörte im Salon alle möglichen Sprachen Europas, aber kein Polnisch, obwohl es Andrzej so vorkam, als würde hier und da Russisch gesprochen. Schließlich wurde er von Lidia entdeckt, und sie nahm ihn mit zu einem der Fenster am fröhlich leuchtenden *Canal Grande*, wo man das Weinglas auf der Fensterbank abstellen konnte.

»Wo warst du? Ich habe dich überall gesucht«, sagte sie. »Du wirkst so abwesend, was ist los?«

Sie hielten ihre Teller mit *scampi alla busara* in den Händen, spießten mit den zarten Zinken der silbernen Gabeln die Scampis auf, und Andrzej antwortete: »Wo warst du? Ich habe dich auch gesucht!«

»Wir werden uns nun unser Leben lang suchen …«, sagte Lidia. »Und du wirst gleich deine Gedichte lesen – Jacek hat es mir gesagt.«

»Erzähl mir lieber ein paar Worte über Luciano da Meglio. Was ist das für ein Mann? Er hat sich mir noch nicht vorgestellt.«

»Mein Vater sagt über solche Menschen: ein Sweety oder ein *Sweety Monster*. Luciano schreibt Sachbücher und dreht Dokumentarfilme, die sich mit Venedig oder den adriatischen Häfen befassen, ist aber eigentlich ein ganz passabler Architekt, zumindest laut Elsa. Für mich ist er vor allen Dingen ein begnadeter Anekdotenerzähler und Unterhalter, als käme er aus Polen – ich könnte ihm stundenlang zuhören.«

»Das klingt alles sehr gut, und trotzdem werde ich mich heute volllaufen lassen, mein Durst ist unermesslich – den Ausnahmezustand, in dem wir uns befinden, wird hier keiner begreifen. Ich bin für sie ein Papagei aus dem Dschungel.«

»Aber du kannst ihnen alles erklären, ich glaube fest daran, dass du es schaffst.«

»Sie haben es vor zweihundert Jahren nicht verstanden, und heute werden sie es umso mehr nicht verstehen – sie leben in der antiken Sonne und sammeln Papageien aus dem Dschungel.«

Als er den letzten Satz gesagt hatte und gerade einen Schluck Rotwein trinken wollte, kam Luciano auf ihn zu, ein sportlich gekleideter, junger Mann mit einer Zigarette im Mund, der gar nicht italienisch aussah – eher britisch, sehr britisch sogar – und der sich ihm freundlich vorstellte. Er bat Andrzej, mit der Lesung zu beginnen, und klatschte mehrere Male über seinem Kopf in die Hände, um die geladene Gesellschaft zur Ordnung zu rufen: *»Per favore, silenzio! Attenzione Signori! Accogliamo il nostro ospite polacco d'onore, il poeta Andrea Olstinski!«* Und nach kurzer Vorstellung seines Gastes und der neuesten politischen Entwicklung in Polen auf Italienisch und Englisch übergab er Andrzej das Wort, aber der Ehrengast und *maestro* musste erst einmal seine Bücher suchen: Wo habe ich sie bloß abgelegt?, fragte er sich gequält, und da er die Bücher auf die Schnelle nicht fand, fiel ihm Słowackis Gedicht *Agamemnons Grab* ein – vor allem wegen des Mottos, das er aus diesem romantischen Text für sein letztes Buch gewählt hatte. Er kannte die Verse auswendig, wie fast jeder in seiner Heimat, und sagte sie ins Publikum, aber in seiner Muttersprache:

»Polen! Dich will man doch nur mit Flitter täuschen!
Der Völker Pfau warst Du einmal und deren Papagei;
Jetzt aber bist Du bloß noch fremder Mächte Magd.«

Im Salon herrschte Stille, niemand rührte sich, bis Lidia plötzlich wie aus dem Nichts mit seinen Büchern auftauchte; er bat sie, die englische Übersetzung seines Mottos vorzutragen. Nach ihrem Vortrag herrschte wieder Stille, und Andrzej las dann selbst ein Gedicht, er las die englische Version seines langen Poems *Kopernikustraße*, in der er mit den Gespenstern des 20. Jahrhunderts habe aufwachsen müssen, und er erzählte dann in wenigen Sätzen von Kopernikus und von der Aufklärung und anschließend von dem Kriegsrecht und Ausnahmezustand, aber er fasste sich wirklich kurz, weil er seinem Englisch und der Neugier des Publikums nicht traute. Und er hätte dann auch gerne Schluss gemacht, doch Lidia bat ihn, er möge auf Polnisch weitermachen, sie würde simultan übersetzen. Und so begann Andrzej mit seiner abschließenden Rede: »Venedig hat mir Lidia zurückgegeben, ich habe sie in dieser Stadt wiederentdeckt, und ich werde eines Tages an den *Lido* zurückkommen und mit meinem Mädchen unseren Spaziergang in der grünen Lagune fortsetzen. Bitte, verstehen Sie mich nicht falsch, aber ein guter Freund, der *Barone* Eduardo, schickt mich wieder nach Hause, wo ich gebraucht werde. Und auch wenn ich es mir nur einbilde: Ich werde gebraucht … Mein Land braucht mich! Ich danke Ihnen!« Luciano da Meglio klatschte wieder, er klatschte wenige Sekunden allein, als wäre er Andrzejs einziger Zuhörer, aber dann folgten ihm seine Gäste und riefen laut »Bravo!«, und der Dank des Publikums wollte nicht aufhören, und Andrzej staunte, weil selbst die Bischöfe aufgewacht waren und »Bravo!« riefen. Lidia blieb in der Menschenmenge stehen, Andrzej verlor sie aus den Augen, weil Lucianos Gäste nicht mehr zu bremsen waren. Sie stürzten sich auf Andrzej und gratulierten ihm, jeder wollte ihm die Hand schütteln, nur als Gaston Salvatore auf ihn zukam und ihn umarmte, musste er sich ein grinsendes Gesicht ansehen und aus Gastons Mund ein mildes Urteil anhören: »Das ist keine Dichtung! Das ist Demagogie!« Aber Andrzej konnte ihm nicht antworten, weil schon die nächsten Gratulanten vor ihm erschienen, die Butler, die Lokalpolitiker und die Priester. Die Kommunisten, die Faschisten, die Adligen. Die Geschäftsleute. Und Tonis Figuren aus seinem *Cinema*. Andrzej suchte Lidia mit seinem Blick, er schüttelte die fremden Hände und rief nach seinem Mädchen, das nirgendwo mehr zu finden war.

»Lidia! Wo bist du? Lidka! Lass uns von hier verschwinden! Hörst du mich? Lidzia!«, rief er auf Polnisch in die Menge.

13

Die folgende Nacht verbrachten sie im *Mezzanino*, und am Samstag folgten Lidia und Andrzej dem Ruf des Markuslöwen und gingen noch einmal in ihr Hotel am *Campo San Lio* – mehr oder weniger in der Mittagspause, denn Andrzej arbeitete an den Liedern und besprach endlich mit seinem Freund die ganze Komposition für das *Teatro La Fenice* und machte sich Notizen.

Auch in der letzten Nacht verkroch sich das Liebespaar im *Mezzanino*, weil es dort die Stille des schmalen Kanals genießen wollte, was ihm jedoch misslang – Andrzej und Lidia konnten nicht einschlafen, sie liebten sich ob des nahenden Abschieds immer wieder und sprachen miteinander über eine Zukunft, die ihnen wie ein scheues Hündchen am Wegesrand erschien. Im benachbarten Palazzo fand außerdem eine filmreife Feier statt, die erst mit dem Sonnenaufgang endete und den Einsatz der *Carabinieri* zur Folge hatte, als sollte Andrzej erinnerungswürdig verabschiedet werden. Der wandernde Spiegel stand aber nach wie vor an der Wand, da er zu wissen schien, dass Lidias und Andrzejs Geschichte noch kein Ende gefunden hatte, und sie konnten sich beide des Eindrucks nicht erwehren, dass der Spiegel auf den passenden Augenblick lauerte, um zuzuschlagen und die alte

Ordnung wiederherzustellen oder etwas Neues zu schaffen wie ein Komet.

Am frühen Sonntagmorgen traten Andrzej und Lidia auf den im Nieselregen platinfarben leuchtenden *Campo Santa Maria Mater Domini*. In der rechten Hand hielt Andrzej seinen Koffer aus Schweinsleder, den ihm seine Mutter eigens für diese Reise gekauft hatte, und sein linker Arm klammerte sich an Lidias Rücken – auf der Höhe ihrer nervös wogenden Hüften. Jaceks Lieblingscafé war noch geschlossen, aber Vittorio kam ihnen entgegen, der alte Mann, der Verehrer Mussolinis und der wahre Herrscher über den *Campo*. Er hatte eine Plastiktüte dabei und stützte sich auf seinen Gehstock und sagte: »*Buongiorno, Signora Lidia! Buongiorno, Signore Andrea!*«, und sie grüßten ihn beide zurück und gingen weiter – zum Kanal des *Campo*, dort wartete bereits das bestellte Wassertaxi. Lidia sagte kein Wort mehr, da alles längst gesagt worden war, und sie weinte nicht, als Andrzej nach dem trockenen morgendlichen Kuss in das Motorboot stieg, den Fahrer begrüßte und ihm den Koffer übergab. Trotz des nassen Wetters blieb Andrzej vor der Kabine stehen, und das Wassertaxi fuhr los, und er drehte sich nicht um, um Lidia zuzuwinken und ein letztes Lächeln zu schicken.

Er rührte sich von seinem Platz auch dann noch nicht, als das Motorboot in den *Canal Grande* einfuhr und der Nieselregen über dem steinernen Strom plötzlich aufhörte. Er schaute bloß die ganze Zeit in den stählernen und sonnenhungrigen Lagunenhimmel, weil er Lidia vermisste.

Der Autor bedankt sich bei Janusz Podrazik, Gioia Meller-Marcovicz, Ezio Toffolutti, Gaston Salvatore, Elena Zanichelli, Franz-Julius Morche, Julia Niewind, Nicolas Gillen, Sabine Herrmann, Uwe Israel, Christian Pruns, Karoline Rörig, Petra Reski, Jule Gölsdorf, André Daub und Anya Schutzbach.

Ein besonderer Dank gilt Petra Schaefer wie auch dem Deutschen Studienzentrum in Venedig.

Artur Becker
Sieben Tage mit Lidia
Novelle

Konzept Design
Gottschalk+Ash Int'l

Umschlaggestaltung
Anne Mayer-Tasch
unter Verwendung eines Motivs von
© Chris Gramly, iStockphoto.com

Foto Artur Becker
© Susanne Schleyer

Druck und Bindung
CPI Claussen & Bosse, Leck
Printed in Germany
Erste Auflage 2014
ISBN 978-3-86337-065-7

Dieses Buch ist auch als eBook erhältlich
ISBN 978-3-86337-060-2 (EPUB)

arturbecker.de
weissbooks.com